De redding van de zwevende oma

In de serie De bende van De Korenwolf zijn verschenen:
De verdwijning van de mislukte barbie
Het geheim van de verliefde hulpkok
De redding van de zwevende oma
De vondst van het stiekeme circus
De jacht op de afgepakte sterren
De ontmaskering van de zingende hotelrat

De bende van **H** **De Korenwolf**

JACQUES VRIENS

De redding
van de
zwevende oma

Met illustraties van
Annet Schaap

VAN HOLKEMA & WARENDORF

Zesde druk 2004

AVI-niveau 8
ISBN 90 269 9464 8
NUR 282

© 2001 Uitgeverij Van Holkema & Warendorf,
Unieboek BV, Postbus 97, 3990 DB Houten

www.unieboek.nl
www.jacquesvriens.nl

Tekst: Jacques Vriens
Tekeningen: Annet Schaap
Vormgeving: Petra Gerritsen

Inhoud

Achterklap

'Kom op, zus,' roept Joost met een gemeen lachje, 'een beetje doorrijden!'

Eefie en hij fietsen tegen de heuvel op. Ze komen uit school.

'Dit is niet eerlijk,' hijgt Eefie. Ze kan Joost niet bijhouden omdat haar zusje Nina bij haar achterop zit.

Joost doet net of hij van de radio is. 'Luisteraars, u bent rechtstreeks verbonden met de wereldkampioenschappen wielrennen in Zuid-Limburg. Eindelijk zal het de bekende coureur Joost Maassen lukken zijn grote zus Eefie te verslaan.'

Joost gaat op zijn trappers staan en rijdt Eefie fluitend voorbij.

'Jij speelt vals,' roept Eefie woedend. 'Ik heb Nina ook nog.'

Joost draait zich om en steekt zijn tong uit.

'Dikke!' roept Eefie.

'Slome,' roept Joost en hij zet er flink de spurt in.

Kleine Nina aait over de rug van Eefie. 'Joost doet stom, hè?' zegt ze.

Eefie stopt, stapt af en tilt haar zusje van de bagagedrager. 'We lopen het laatste stuk, want je bent veel te zwaar.'

'Goed,' antwoordt Nina.

'En die dikke krijg ik nog wel. Anders stapt híj altijd halverwege de berg af. Zónder iemand achterop! Maar omdat mama jou vandaag niet met de auto ophaalt...'

Kleine Nina begint zachtjes te huilen.

'Niet janken, Nina, jij kunt er niks aan doen.'

'Álle kindjes doen stom vandaag,' snikt Nina. 'Op school heeft Daphne mijn knutsel kapotgemaakt en Roy wilde niet met mij in de bouwhoek en juffie zegt dat ik de baas speel.'
Eefie schiet in de lach, want ze snapt heel goed wat Nina's juf bedoelt. Als haar kleine zus iets in haar hoofd heeft, zeurt ze net zolang tot ze haar zin krijgt.
'Niet lachen,' zegt Nina.
Eefie trekt haar gezicht in de plooi. 'Laten we doorlopen en iets verzinnen om Joost te grazen te nemen.'

Ondertussen scheurt Joost de parkeerplaats op van het hotel van zijn ouders.
Hij rijdt meteen door naar het fietsenschuurtje.
Hij wil zijn fiets erin zetten, maar dat is lastig nu. Bijna het hele hok wordt in beslag genomen door de motor van Kees de kok. Best een gaaf ding, maar er kan bijna geen fiets meer naast.
Dan hoort hij achter zich een stem: 'Hé jongeman, woon jij hier?'
Naast het bord met Familiehotel-Eetcafé De Korenwolf staat een gele auto geparkeerd. Er stappen een man en een vrouw uit. Als Joost op ze toeloopt, zegt de man: 'Hai, ik ben Frank en dit is Heleen.'
Joost kijkt de twee onderzoekend aan. Frank draagt een zwartleren jasje en heeft een baseballpetje op. In zijn hand houdt hij een schrijfblokje.
Om de nek van Heleen hangen twee fototoestellen.
'Leuk hotelletje,' zegt Frank. 'Grappige naam ook.'
'De korenwolf is toch die wilde hamster?' vraagt Heleen.
Joost knikt.
'Die komt alleen nog hier in Limburg voor, is het niet?'
'Mmmm,' bromt Joost.
Frank grinnikt. 'Je bent niet erg spraakzaam.'
'Moet dat dan?'

Heleen maakt een paar foto's van het hotel.

'Waarom doen jullie dat?' vraagt Joost.

Frank lacht weer.

Wat een slijmerig lachje, denkt Joost.

'Luister, eeeh… hoe heet je?' zegt Frank.

'Joost.'

'Goed Joost, misschien kun je ons helpen en… dat hoeft niet voor niks.' Frank haalt zijn portemonnee te voorschijn en trekt er een briefje van tien uit.

De ogen van Joost glimmen. Van dat geld kan hij een nieuwe bel kopen voor het alarm op zijn kamerdeur. Zijn oude bel maakte vorige week kortsluiting en sprong uit elkaar. De onderdelen vlogen om zijn oren.

Frank ziet dat Joost zin heeft in het tientje.

'Wij zijn van het weekblad *Achterklap*. Ken je dat?'

Joost knikt. Zijn ouders hebben voor de gasten van het hotel een paar kranten en allerlei tijdschriften. Hij heeft wel eens in *Achterklap* zitten neuzen en vond er niks aan. Een hoop geleuter over tv-sterren of andere bekende artiesten.

'Nu hebben wij het vermoeden,' gaat Frank verder, 'dat…'

Fotografe Heleen onderbreekt hem. 'Joost, weet je wat "vermoeden" is?'

'Ik ben niet achterlijk,' gromt Joost. 'Ik zit al in groep vijf, hoor.'

'Sorry,' zegt Frank, 'ik had het kunnen weten. Jij bent volgens mij heel slim en wilt best wat bijverdienen.'

'Wat moet ik doen?'

'Volgens ons logeert bij jullie in het hotel de bekende popster Izabel. Ken je die?'

Joost haalt zijn schouders op. 'Nee, maar mijn zus misschien wel. Of mijn grote broer.'

'Volgens ons is Izabel hier ondergedoken,' legt Heleen uit. 'Ze zit zwaar in de put, want haar vriend heeft haar in de steek gelaten. Kijk maar in het laatste nummer van *Achterklap*.'

'Staat ons hotel daarin?' vraagt Joost verbaasd.

'Nog niet, maar dat kan komen. In *Achterklap* kun je alles lezen over Izabel die ineens is verdwenen.' Frank legt zijn hand op de schouder van Joost en wappert met het tientje voor zijn gezicht. 'Nu willen wij graag weten of Izabel hier logeert. Als jij dat nou eens voor ons uitzoekt.'

Joost kijkt naar het tientje en aarzelt. 'Ik weet het nog niet.' Hij loopt terug naar het schuurtje om zijn fiets binnen te zetten.

Dan hoort hij Frank roepen. 'Hé meiden, wonen jullie hier?'

Joost ziet dat zijn zussen het terrein opsjokken. Hij zwaait wild met zijn armen en roept: 'Eefie, Nina, hiernaartoe!'

De meisjes kijken even naar Frank en Heleen en lopen door.

De fotografe wil achter hen aan. Frank houdt haar tegen.

Eefie begint meteen te mopperen tegen haar broer. 'Je deed hartstikke flauw, Joost Maassen.'

'Ja, Joost Maassen!' roept kleine Nina boos. 'En morgen-vroeg laten we lekker je banden leeglopen.'

'O Nina,' kreunt Eefie, 'jij kunt ook nooit je mond houden, hè?'

Joost vraagt: 'Ken jij Izotoop of zoiets, een popster?'

'Izabel,' verbetert Eefie, 'natuurlijk ken ik die. Een keigave zangeres!'

Nina knikt en begint te zingen: 'Ai lof joe toe muts.'

Eefie en zij hebben dit nummer pas nog geplaybackt toen oma jarig was.

'Nina bedoelt "I love you too much",' zegt Eefie. 'Wat is er met Izabel?'

'Die logeert bij ons,' antwoordt Joost, 'misschien.'

Eefie kijkt Joost spottend aan. 'Dat kán helemaal niet. Je verzint gewoon wat. Afleidingsmanoeuvre, hè, omdat je net zo achterlijk deed. Daar trap ik niet in, broertje.'

'Nee, écht waar. Die twee daar zeggen het zélf. Nou ja, ze hebben een vermoeden dat Izotoop hier is.'

'Izabel!' zegt Nina vinnig.

'Oké, Izabel. Die kerel is journalist van dat domme blad *Achterklap*. En die vrouw maakt steeds foto's.' Dan vertelt Joost wat ze van hem wilden weten. Alleen over het tientje zegt hij niks.

'Kom mee,' zegt Eefie, 'dan vragen we het gewoon aan pap en mam. Het zou te gek zijn: Izabel in ons hotel! Als Pepijn dat hoort, dan gaat hij helemaal uit zijn dak. Op zijn kamer hangen een heleboel posters van haar.'

Met veel moeite zetten ze hun fietsen naast de motor van Kees en rennen naar de zijkant van De Korenwolf. Daar is de achterdeur van het hotel.

Op de parkeerplaats stoot Frank de fotografe aan: 'Zie je dat, Heleen? Er is nog een andere manier om binnen te komen.'

Zo onopvallend mogelijk wandelen ze naar de achterdeur.

Izabel?

Eefie, Nina en Joost hangen hun jas in het gangetje en lopen door naar de keuken. Kees de kok is bezig met een grote stamper aardappels tot puree te stampen.

'Kees,' roept Eefie, 'zit Izabel hier?'

'Dat zou ik leuk vinden,' antwoordt Kees. 'Het is een lekker wijfie.'

'Nee, écht waar,' zegt Nina. Ze maakt een danspasje en zingt: 'Ai lof joe toe muts.'

Kees schudt zijn hoofd. 'Ik geloof niet dat zo'n beroemde popster hier komt logeren. Die gaat natuurlijk naar hotel Tivoli boven op de berg.'

Eefie zucht. 'Altijd weer dat kapsoneshotel Tivoli.'

'Volgens mij heeft Kees gelijk,' zegt Joost. 'Die twee van *Achterklap* hebben zich gewoon vergist. Ons hotel is veel te gewoontjes.'

De deur van de keuken zwaait open en vader Jan komt binnen. 'Kees, achtmaal kersenvlaai met slagroom.'

'Papa!' gilt Nina. 'Is Izabel hier?'

'Wat… eeeh… wie bedoel je?'

'Izabel de Groot,' zegt Eefie, 'de popster.'

'Hoe komen jullie daar nou bij?'

Dan vertelt Joost over de journalist en de fotografe.

Vader Jan wordt kwaad. 'Verdorie, die heb ik een halfuur geleden het café uitgestuurd. Die Izabel is hier niet. En ik wil niks met die vervelende roddelbladen te maken hebben.'

'Die mensen zeiden…' probeert Eefie.

'Allemaal flauwekul en nou verder niet zeuren, want ik heb het druk. Het café zit vol.' Boos stampt hun vader de keuken uit.

'Wat doet hij ineens raar,' zegt Eefie.

Joost knikt. 'Dit vraagt om een nader onderzoek.'

Eefie giechelt. 'Ik dacht dat jij niet eens wist wie Izabel is?'

'Hoeft ook niet, ik wil alleen uitvinden of pap liegt.'

Kees de kok schuift punten vlaai op bordjes en zegt: 'Ik heb thee voor jullie klaargezet in het kantoortje, met een stuk vlaai.'

De kinderen lopen naar de kleine ruimte die tussen de keuken en het café ligt. Hun grote broer Pepijn is er al. Hij hangt onderuitgezakt in de oude leunstoel die in de hoek staat.

'Ha, die guppen!' roept Pepijn. 'Hadden jullie ook zo'n shit-dag op school? Alle leraren waren chagrijnig.'

'Bij mij niet,' antwoordt Eefie. 'Meester Schreurs heeft een spannend verhaal verteld over de bokkenrijders.'

'Wacht maar tot je op de havo zit,' zegt Pepijn. 'Da's pas afzien.'

'Of in de kleutergroep,' zegt Nina.

Pepijn buldert van het lachen. Hij trekt zijn kleine zus bij zich op schoot en roept: 'Nou en of, want bij de kleuters is het helemaal erg met al die opgefokte juffen.'

Joost is ondertussen het café ingelopen. Het zit inderdaad vol gasten. Vader Jan en moeder Els zijn druk bezig om iedereen van koffie en gebak te voorzien.

Joost loopt zo onopvallend mogelijk naar de grote tafel voor in het café. Daar liggen alle kranten en de leesmap met tijdschriften.

'Wegwezen hier,' zegt een knorrige stem. Het is meneer Goemie, de oude ober die altijd komt helpen als het druk is.

'Ik moet even iets pakken, meneer Goemie. Voor een spreek-
beurt op school.'
'Opschieten, want je loopt in de weg.'
Joost rommelt even tussen de bladen en vindt *Achterklap*. Hij
glipt tussen de tafeltjes door en gaat het kantoortje binnen.
'Hebbes!' Triomfantelijk houdt hij *Achterklap* omhoog.
'Wat moet jij met dat roddelblaadje?' vraagt Pepijn.
'Geheim.'
'Ach jongen, doe toch niet zo stoer.'
Joost gaat aan de grote tafel zitten en bladert in *Achterklap*.
Nina en Eefie kijken met hem mee.
Pepijn wordt nu ook nieuwsgierig en komt zelfs overeind uit
de leunstoel.
'Voor de tweede keer: Hebbes!' roept Joost.
Op vier bladzijden staan grote foto's van Izabel. Ze heeft een
kort hesje en een strakke glimmende broek aan. In haar navel
zit een piercing en haar korte rode haar staat alle kanten op.
Op de meeste foto's draagt ze een zonnebril. Er is één foto
waarop ze je aanstaart met haar grote blauwe ogen. Ze kijkt
heel boos. Eronder staat in grote letters:

   Liefdescrisis voor Izabel.
   Haar vriend ging ervandoor met een ander!!!
'Voorlezen!' commandeert Eefie.
Joost zet zijn radiostem op en begint: *De jonge mooie popster
Izabel, die onlangs nog een hit scoorde met 'I love you too
much' is een gebroken vrouw.*
'Is ze stuk?' vraagt Nina.
'Stil,' zegt Eefie, 'dat wil zeggen dat ze heel zielig is. Joost, ga
door!'
*Sinds een halfjaar heeft zij een relatie met de bekende soapster
Johnny van Galen. Al enige tijd woont ze met hem samen.
Vorige week verklaarde Johnny nog: 'Izabel en ik zijn voor
elkaar geschapen. We passen geestelijk en lichamelijk perfect bij
elkaar.'*

15

'Wat doe je dan als je geestig met je lichaam past?' vraagt Nina.

'Dan kun je lekker met elkaar kletsen,' zegt Pepijn, 'én vrijen.'

'Lees nou door!' zegt Eefie.

Inmiddels is duidelijk dat Johnny al weken een verhouding heeft met Merel Terschure die de rol van Dominique speelt in de tv-serie 'Levenslust'.

'Wat!' roept Eefie. 'Met dat kind met die kwijlogen?'

'Lees nou verder,' zegt kleine Nina.

Toen Izabel ontdekte dat haar Johnny haar bedriegt met Merel Terschure, is ze in woede uitgebarsten. Ze heeft hem meteen haar huis uitgegooid. Daarna is zij in een crisis terechtgekomen. Zwaar depressief is zij met onbekende bestemming vertrokken. Het enige wat ze nog tegen onze ver-

slaggever zei, was: 'Ik moet dit alleen verwerken. Laat me met rust.'

Toen wij nog een foto van haar probeerden te maken, krijste ze woedend: 'Donder op, stelletje gieren!'

Het zal voor onze lezers duidelijk zijn, dat Izabel behoorlijk in de war is.

Haar vader, die haar manager is, verklaarde dat Izabel voorlopig niet meer optreedt. Hij wilde niet zeggen waar Izabel naartoe is gegaan. Wij vermoeden echter dat Izabel is ondergedoken in Zuid-Limburg. Wij van Achterklap zullen alles in het werk stellen om haar te vinden.'

'Ik snap er niks van,' zegt Nina.

Pepijn pakt Achterklap uit de handen van Joost en ploft in de leunstoel. 'Ze is gewoon depri,' zegt hij.

'Wat doet ze dan?' vraagt Nina.

'Izabel is heel verdrietig,' legt Eefie uit. 'Weet je nog dat jij verliefd was op Roy uit jouw groep? En dat Daphne hem toen afpakte? Dit is net zoiets.'

Nina balt haar vuisten en roept boos: 'Dan moet Izabel die Merel een schop geven. Dat heb ik ook gedaan toen ik depri was.'

Pepijn heeft ondertussen het stuk in de Achterklap nog eens vluchtig doorgekeken. 'Wat een zooi staat er in die roddelbladen. Izabel in Limburg, dat kán helemaal niet.'

'Ze zit misschien in ons hotel,' zegt Eefie.

'Geloof je het zelf?'

Dan vertelt Joost van de mensen op de parkeerplaats.

Pepijns mond valt open van verbazing en ineens begint hij te blozen.

'Heb je het warm, broertje?' vraagt Eefie met een poeslief stemmetje.

'Nee, hoezo?'

Eefie giechelt. 'Jij bent verliefd op Izabel.'

'Hoe kom je daar nou bij?'

17

'Je hele kamer hangt vol met haar.'

'Zus, je ijlt! Ik heb drie postertjes hangen omdat ik haar een goede zangeres vind.'

'Én een lekker wijfie,' zegt Joost. 'Dat vindt Kees de kok ook.'

Pepijn gooit *Achterklap* op de grond, pakt een krant en duikt erachter weg.

'Pepijn heeft een rooie kop,' zegt Nina.

'Bemoei je met je eigen kop,' snauwt Pepijn vanachter zijn krant.

De deur naar het café gaat open en moeder Els komt het kantoortje binnen. 'Sorry jongens, maar ik heb geen tijd om thee te drinken met jullie.'

'Mam, logeert Izabel hier?' vraagt Eefie.

'Nee, natuurlijk logeert Izabel de Groot hier niet. Jullie ver-zinnen de raarste dingen. Neem nog wat lekkers en vergeet je huiswerk niet.' Moeder Els verdwijnt weer net zo vlug als ze gekomen is.

'Dit is een belangrijke aanwijzing,' zegt Joost plechtig. 'Mam weet niks van popmuziek, maar ze weet ineens wél dat Izabel "de Groot" heet.'

'Yes,' zegt Eefie, 'kom op, we gaan het aan oma vragen. Die kan niet liegen.'

Eefie, Nina en Joost rennen het kantoortje uit. Door de keuken gaan ze naar de hal en nemen daar de trap.

Pepijn hangt nog steeds in de leunstoel. 'Izabel,' mompelt hij. 'Wauw!' Dan springt hij overeind. 'Nu wil ik het weten ook!' En hij rent achter de anderen aan.

Oma

Even later staan Eefie, Joost en Nina bij oma voor de deur.
Oma woont op de tweede verdieping van De Korenwolf. En
de kinderen hebben daar hun eigen kamers.
Het is het rustigste deel van het hotel.
Bijna overal in De Korenwolf heb je kans wildvreemde
mensen tegen het lijf te lopen. Dat zijn gasten die in het
hotel logeren. De kinderen hebben geleerd altijd netjes
gedag te zeggen. Soms balen ze van iedere keer
'Goedemorgen meneer' of 'Dag mevrouw'.
Op de tweede verdieping hebben ze daar geen last van.
Voor de trap ernaartoe hangt een bordje.

PRIVÉ
Geen toegang
voor hotelgasten

Het is wel gezellig dat oma daar ook woont. Vooral als hun
ouders geen tijd hebben omdat het druk is in De Korenwolf. Ze zijn dan van 's morgens vroeg tot 's avonds laat
bezig. Ontbijt klaarmaken voor gasten, toeristen van koffie
en gebak voorzien, eten koken, bedden opmaken en poet-
sen.

Eefie klopt aan bij oma, maar er komt geen antwoord.

'Zou oma nog slapen?' vraagt Nina.

Eefie kijkt op haar horloge. 'Het is al half vijf. Ze doet haar middagdutje altijd eerder.'

Joost bonst op de deur. 'Oma?'

Het blijft stil.

De kinderen kijken elkaar aan. Dan horen ze Pepijn de trap opkomen.

Nina rent naar hem toe. 'Pepijn, oma doet raar!'

Pepijn grinnikt. 'Dat doet ze vaker.'

'Nee serieus,' zegt Eefie. 'Ze maakt niet open en we horen niks.'

Pepijn geeft een klap op de deur. 'Oma, hoor je me?'

Nog steeds blijft het stil.

'Dan gaan we gewoon naar binnen,' zegt Pepijn.

'Niet doen!' zegt Nina. 'Dat mag niet van oma. Misschien staat ze in haar onderbroek.'

Eefie proest het uit.

Pepijn snauwt: 'Stil.' Hij drukt zijn oor tegen de deur. De andere kinderen luisteren mee. Dan horen ze een zacht gekreun.

Pepijn maakt de deur open en loopt naar binnen. 'Oma!'

Voor de bank, op de grond, ligt oma. Ze heeft haar ogen dicht.

Pepijn knielt bij haar neer. Eefie, Nina en Joost blijven geschrokken in de deuropening staan.

Als Pepijn zich over zijn oma heen buigt, doet ze haar ogen open. 'O, wat fijn dat ik je zie, jongen. Ik lig hier al een hele tijd.'

'Wat is er gebeurd, oma?'

'Gevallen, mijn benen willen af en toe niet meer.'

'Heeft u pijn?'

'Een beetje. Ik probeerde overeind te komen, maar het lukte niet.'

'Heeft u iets gebroken?'

Oma schudt haar hoofd. 'Ik denk het niet, want ik kan alles nog bewegen.'

Pepijn draait zich om naar zijn broer en zusjes. 'Blijf daar niet staan als een stel dombo's. We moeten haar op de bank leggen.'

De kinderen schuifelen aarzelend naar binnen. Pepijn commandeert: 'Eefie en ik pakken haar onder haar armen en Joost en Nina nemen haar benen. Ik tel tot drie en dan voorzichtig optillen.'

Pepijn telt en met veel moeite lukt het ze om oma op de bank te leggen.

'U bent een zware oma,' stelt kleine Nina vast.

Pepijn legt een kussen onder oma's hoofd en vraagt: 'Gaat het?'

Oma knikt. 'Jullie zijn schatten. Neem gauw een stroopwafel voor de schrik.'

'Nou, ú zult veel erger geschrokken zijn,' zegt Eefie.

'Dat mag je wel zeggen, lieve kind. Dat krijg je als je oud wordt. Dan word je krakkemikkig.'

'Dat valt best mee,' zegt Pepijn. 'Ik las net in de krant dat er morgen iemand honderd wordt. Hij woont hier in het dorp, in het bejaardenhuis.'

Oma knikt. 'Dat is die oude opa Dassen. Die ken ik. Hij is een ontzettende mopperkont. Nou, ik heb geen zin om zo'n stuk chagrijn te worden.'

Pepijn klopt zijn oma bemoedigend op haar schouder en zegt: 'U bent nog lang geen honderd en geen mopperkont. Dus voorlopig kunt u nog een tijdje mee.'

Kleine Nina leunt tegen haar oma en zegt: 'U wordt duizend jaar, net als Sinterklaas.'

Joost vraagt: 'Waar is uw stok, oma?'

'Dat weet ik niet. Dat stomme ding ben ik altijd kwijt.'

Pepijn schudt zijn hoofd. 'U máákt hem kwijt. De dokter heeft gezegd dat u die stok moet gebruiken. Waarom doet u dat niet?'

'Omdat oma's eigenwijs zijn, daar zijn het oma's voor.'

Nina aait zachtjes over oma's hoofd. 'Bent u nou zielig?'

'Nee hoor kind, ik ben niet zo gauw zielig. Alleen een beetje oud.'

Eefie loopt naar het keukentje en roept: 'Hier staat uw stok.'

'Breng maar,' zegt oma.

Als ze haar stok heeft, gaat ze overeind zitten en zet haar voeten op de grond. 'Die vervelende benen van me. Af en toe is het net of er pap in zit. Ik ben al weken niet beneden geweest omdat ik de trap niet meer af durf.'

Langzaam probeert oma te gaan staan.

'Pas op voor de papbenen,' roept Nina.

Maar oma staat al en kijkt trots naar haar kleinkinderen. 'Zo, ik ben er weer. Willen jullie wat drinken?'

Pepijn wil haar bij de arm pakken. 'Dat hoeft niet, Pepijn.'

Ze draait zich om naar de anderen. 'En jullie zeggen niks tegen je ouders. Dat doe ik zelf.'

'Ja maar, oma...' begint Eefie.

Oma tikt met haar stok op de grond en zegt streng: 'Jullie vertellen mij ook dingen die ik niet mag verklappen. Ik ben toch erelid van de bende van De Korenwolf?'

De kinderen knikken. Als ze het te bont hebben gemaakt en pap en mam boos zijn, helpt oma hen altijd.

'Erewoord?' vraagt oma.

De kinderen kijken elkaar aan en Eefie vraagt: 'Waarom mogen mam en pap het niet weten?'

'Die hebben het al veel te druk met de zaak. Ik wil niet dat ze zich zorgen moeten maken over mij. Dat kunnen ze er niet bij hebben.'

'Oké, oma,' zegt Pepijn, 'maar u moet wel één ding beloven. Vanaf nu altijd die stok gebruiken.'

'Beloof ik, zowaar ik lid ben van de bende van De Korenwolf.'

'Stroopwafel!' roept Joost.

'Stroopwafel,' antwoorden Nina, Eefie en oma in koor. Het is hun geheime wachtwoord.

Pepijn houdt zijn mond want hij vindt dat bendegedoe nog steeds kinderachtig.

'Pepijn, zeg jij niks?' vraagt oma.

'Stroopwafel,' mompelt Pepijn.

'Dan is het goed,' zegt oma en ze loopt langzaam naar haar keukentje.

Als ze daarin verdwenen is, fluistert Eefie: 'Wat moeten we nou doen?'

'Haar in de gaten houden,' antwoordt Pepijn. 'En als ze die stok niet gebruikt, heeft ze haar belofte gebroken. Dan mogen we pap en mam waarschuwen.'

'Heel goed, Pepijn,' zegt oma. Ze komt uit de keuken met de theepot in haar hand.

Pepijn lacht: 'U houdt alles in de gaten, hè?'
Oma knikt en zet de theepot op tafel. 'Mijn benen willen niet meer zo, maar mijn oren zijn prima. En je hebt gelijk, hoor, Pepijntje. Als lid van de bende moet ik me aan mijn beloftes houden.'
Ineens klinkt er in de gang een hels kabaal met veel geschreeuw en gevloek.
Eefie rent naar de deur en trekt die open.
Een stem krijst: 'Donder op, jullie! Ik wil met rust gelaten worden, stelletje gieren!'
Dan stormt een meisje de kamer binnen. Ze draagt een spijkerbroek en een slobbertrui. Haar korte rode haren staan alle kanten uit en haar grote blauwe ogen spugen vuur. Ze heeft een rond brilletje op.
Eefie en Nina herkennen haar meteen en roepen tegelijk: 'Izabel!'

Achterklappers

Izabel blijft midden in de kamer staan en kijkt verwilderd om zich heen.

In de gang ziet Eefie twee mensen boven aan de trap verschijnen. Het zijn Frank en Heleen.

'Izabel,' roept Frank, 'wacht nou even! We willen gewoon een leuk gesprekje. Onze lezers moeten toch weten hoe het met je gaat.'

Snel gooit Eefie de deur dicht.

'Sorry, mevrouw,' zegt Izabel hijgend tegen oma, 'die idioten van *Achterklap* hebben me gevonden. Ik logeer hier in het hotel en ik kwam de gang op. Ze stonden me daar op te wachten. Toen ben ik weggerend en...' Snikkend zakt ze neer op de oude poef die voor oma's stoel staat.

'Wie bent u?' vraagt oma.

Izabel probeert antwoord te geven, maar ze komt niet meer uit haar woorden.

'Dit is Izabel, oma,' legt Eefie uit, 'een heel beroemde popster. Ze is in ons hotel ondergedoken. Die mensen van *Achterklap* zitten achter haar aan.'

Kleine Nina klapt blij in haar handen en jubelt: 'Izabel is toch hier!' Daarna barst ze los in gezang: 'Ai lof joe toe muts, ai lof joe toe muts.'

Izabel lacht door haar tranen heen.

Plotseling wordt op de deur gebonsd. 'Izabel, we weten dat je hier bent!'

'Doe open, onze lezers hebben er recht op!'

Oma maakt de deur open.

De journalist en de fotografe proberen langs haar heen te glippen. Dat lukt niet, want oma neemt de hele deuropening in beslag.

'Dag mevrouw,' zegt Frank, 'mogen we even passeren?'

Oma tilt haar stok op en dondert: 'Zijn jullie nou helemaal betoeterd! Dit is mijn kamer en jullie komen hier niet in!'

'Mevrouw… u moet begrijpen…'

'Ik begrijp niks. Wegwezen, stelletje achterklappers!'

'We willen een paar minuutjes met Izabel… au!' Oma heeft Frank een flinke tik met haar stok gegeven.

'Bent u nou helemaal gek geworden!' schreeuwt Heleen.

'Wil jij soms ook een tik?' vraagt oma.

'Dat mens is compleet gestoord!' roept Frank.

Pepijn komt achter zijn oma staan en kijkt heel woest. 'Bedoel je soms mijn oma? Ik zou maar oppassen, want mijn oma wordt niet gauw boos. Maar als ze eenmaal ontploft, is ze niet meer te houden.'

Heleen en Frank snappen eindelijk dat het tijd wordt om te vertrekken.

In de gang klinkt de stem van vader Jan. Hij is woedend. 'Hebben jullie poep in je ogen? Hebben jullie dat bordje niet gezien? Het is hier verboden voor gasten. En voor jullie hélemaal! Dit is al de tweede keer dat jullie binnen zijn. Eruit of ik bel de politie!'

De fotografe en de journalist gaan ervandoor. Ze rennen de trappen af van De Korenwolf, terwijl vader Jan achter ze aan komt. 'Waag het niet om nog één voet hier binnen te zetten!'

Ondertussen is het weer rustig in de kamer van oma. De ontploffingen van oma duren altijd maar kort.

Kleine Nina staat bij Izabel en streelt over haar hand.

Pepijn geeft zijn oma een schouderklopje. 'Goeie actie, oma!'

Oma knikt. 'Is die stomme stok nog ergens goed voor.'

Dan schenkt ze thee in en houdt Izabel een trommel voor. 'Hier kind, neem een stroopwafel, dat helpt tegen verdriet.'

Eefie is op de bank gaan zitten, samen met Joost. Ze kijkt verbaasd naar de popster en gelooft het eigenlijk nog steeds niet: dé beroemde Izabel, zomaar in oma's kamer.

Ook Pepijn raakt ervan in de war. Vooral omdat Izabel er heel anders uitziet dan op de posters in zijn kamer. Daarop heeft ze een blote buik en draagt ze glimbroeken of heel korte rokjes. In haar spijkerbroek en slobbertrui vindt hij haar nogal gewoontjes. En dat brilletje vindt hij helemaal stom.

Oma gaat in de grote stoel tegenover Izabel zitten en

vraagt: 'Kind, wat is er toch allemaal aan de hand?'

Dan vertelt Izabel dat ze problemen heeft met haar vriend.

'Johnny van Galen!' roept Joost.

Eefie knikt. 'Die is ingepikt door…'

'Merel met de kwijlogen,' vult Nina aan.

Pepijn moppert: 'Zeg kleintjes, houden jullie eens je kwek.'

Izabel lacht tegen Pepijn. Die krijgt meteen een kop als een boei. Hij vindt haar toch wel lief.

'Ik wilde gewoon een weekje weg,' gaat Izabel verder. 'Even alleen zijn en nadenken over Johnny en mij. Ik heb altijd mensen om me heen die van alles van me willen. Ik moet aardig zijn, repeteren met de band, interviews geven, er goed uitzien en handtekeningen uitdelen.'

'Waarom heb jij een bril?' vraagt kleine Nina.

'Nina!' roept Eefie bestraffend. En tegen Izabel zegt ze: 'Let niet op mijn zusje. Die vraagt altijd de raarste dingen.'

'Geeft niet,' zegt Izabel. 'Ik draag meestal lenzen.'

'Ik snap het helemaal,' zegt oma. 'Je dacht: In De Korenwolf heb ik rust en kan ik even mezelf zijn.'

'Nou, mooi niet,' zegt Joost. 'Die kerel van *Achterklap* stond me buiten op te wachten. Hij probeerde me om te kopen met een tientje als ik jou zou verraden.'

'En,' vraagt Pepijn vals, 'wat heb je met dat tientje gedaan?'

'Niks! Ik ben niet om te kopen.'

'Hoe weten ze dan dat Izabel hier zit?'

Joost springt op en roept boos: 'Ik heb haar niet verraden. Echt niet!'

'Weet je het zeker, broertje?' vraagt Pepijn streng.

Izabel neemt het voor Joost op. 'Die twee van *Achterklap* zijn me gewoon gevolgd toen ik hiernaartoe reed. Dat doen ze vaker. Ik word er kotsmisselijk van.'

'Moet je overgeven?' vraagt Nina.

Izabel trekt Nina bij zich op schoot. 'Je bent een schatje, weet je dat?'

'Dat weet ik,' antwoordt Nina parmantig.

Pepijn kijkt naar zijn zusje die zich tegen de popster aanvlijt en zucht.

Izabel aait door de haren van Nina en zegt treurig: 'Nu kan ik hier niet meer blijven.'

'Natuurlijk wel!' roept Eefie verontwaardigd. 'Je laat je toch niet op je kop zitten door die achterklappers?'

Izabel schudt haar hoofd. 'Nee, ik moet hier weg. Jullie ouders hadden me beloofd dat ze het geheim zouden houden. Maar dat kán helemaal niet. Jullie weten het toch ook al?'

'Wij houden echt onze mond,' zegt Joost.

'Zelfs voor een tientje,' pest Pepijn.

Oma legt haar hand op de arm van Izabel. 'Luister meisje, je hebt een weekje vakantie nodig. Als ik op de televisie al dat popgedoe zie, denk ik altijd: hoe houden ze het vol. Al dat gehops en gespring met die harde muziek. En nou dat gedonder met je vriendje. Daarom blijf je gewoon hier.'

'En die journalisten dan?' vraagt Izabel. 'Die gaan heus niet weg.'

'Die aso's komen hier in elk geval niet meer binnen,' zegt Pepijn. 'En anders laten we oma los.'

Izabel is nog steeds niet overtuigd. 'Dan moet ik zeker de hele week op mijn hotelkamer blijven zitten?'

'Natuurlijk niet,' zegt oma. 'Morgen is het woensdag. Dan zijn mijn kleinkinderen 's middags vrij en die nemen je mee het bos in. Je kunt daar heerlijk wandelen.'

Eefie wordt meteen enthousiast. 'Dat moet je doen, Izabel! Dan gaan we naar de mergelgrotten. Pepijn weet daar heel goed de weg. Dat is gaaf!'

Izabel schudt haar hoofd. 'Zodra ik buitenkom, springen die achterklappers meteen op mijn nek.'

'Daar verzinnen we wel iets op,' zegt oma.

Izabel twijfelt nog steeds.

'Kinderen,' zegt oma, 'laat ons even alleen. Dan babbelen Izabel en ik nog een beetje met elkaar.'

'Ik wil mee babbelen,' roept Nina.

Pepijn snapt meteen wat oma van plan is. Als hij het moeilijk heeft, vindt hij het ook fijn om met oma te praten. 'Kom op,' zegt hij tegen zijn broer en zusjes, 'wegwezen hier.'

Oma knipoogt naar hem. 'Heel goed, Pepijn.'

Met tegenzin gaan Eefie, Joost en Nina met Pepijn mee.

Als Izabel hen nog naroept: 'Tot morgen!', vinden ze het niet meer zo erg.

Joost stelt voor een ontsnappingsplan te maken voor Izabel. 'Ik kan niet,' zegt Eefie. 'Ik moet naar trommelles.' Ze speelt in de harmonie van het dorp en heeft iedere week les.

'Dan verzinnen Pepijn, Nina en ik wel iets,' zegt Joost.

Als Pepijn zegt dat hij huiswerk heeft, wordt Joost boos. 'Aan jullie heb ik ook niks. Gebeurt er eindelijk iets spannends, moet mijn familie trommelen en huiswerk maken.'

Nina trekt Joost mee naar haar kamer. Daar staat een grote mand met haar verkleedspullen.

Joost is meteen zijn boze bui vergeten. 'Goed idee, Nina,' zegt hij. 'We gaan Izabel er heel anders uit laten zien.'

'Ze mag mijn prinsessenjurk aan,' zegt Nina met een ernstig gezicht. Die jurk is Nina's trots.

Joost lacht. 'Nee, we moeten iets anders verzinnen.'

Inmiddels loopt Eefie de twee trappen af. Ze heeft trommelles in de grote zaal. Het hotel is ook het clubhuis van de harmonie. In de zaal wordt iedere week geoefend en de jeugdleden krijgen er les.

En als harmonie Sint Martinus ergens moet spelen, vertrekken ze altijd vanuit De Korenwolf.

Pepijn zit op zijn eigen kamer om huiswerk te maken. Maar daar komt niet veel van terecht. Zijn ogen dwalen steeds naar de posters van Izabel. Het is net of er twee Izabellen zijn. Eentje die op de posters staat en een andere met een brilletje en een slobbertrui. 'Shit,' mompelt Pepijn, 'daar word je gestoord van.'

Een gaaf plan

Woensdagmiddag rond half een fietsen Joost en Eefie de parkeerplaats op.

Nina is al thuis, omdat moeder Els haar met de auto uit school heeft gehaald.

'De achterklappers zijn weg,' stelt Eefie tevreden vast.

Joost schudt zijn hoofd en wijst naar de overkant, naar de boerderij van Jaspars. Daarnaast ligt het pad dat naar het bos leidt. Het weggetje loopt omhoog. Zo is goed te zien dat er halverwege een gele auto staat.

'Niet wijzen,' sist Eefie. 'Dan weten ze dat we ze gezien hebben.'

'Nou en? Kom op, we gaan erheen.'

'Niet doen, gek!'

Joost steekt de weg over en fietst het bospad in.

De achterklappers hebben het in de gaten en rijden Joost tegemoet.

Frank stapt meteen uit. 'Zo, grote vriend, jij wilt nog steeds een tientje verdienen? Wanneer vertrekt ons popsterretje?'

'En hoe is het met haar?' vraagt Heleen vanuit de auto. 'Nog steeds in een dipje?'

'Ze is allang weg,' zegt Joost met een stalen gezicht.

Frank lacht smalend en Heleen zegt: 'Wat kun jij goed liegen, jongen. Haar auto staat er nog. Daar, die witte sport-wagen.'

Als Joost weg wil fietsen, pakt Frank hem stevig bij zijn arm. 'En zeg tegen dat grietje, dat ze niet hoeft te proberen

om te ontsnappen. In het weiland achter jullie hotel staat
inmiddels nog een mannetje van ons. Mét een fototoestel.
En ze hoeft zich ook niet te verkleden als oud vrouwtje of
zoiets. Daar trappen wij niet meer in, want wij kennen dat
soort geintjes.'
Joost moet even slikken. Dát was nou juist wat Nina en hij
gisteren bedacht hadden.
Frank wijst naar de ijzeren trap die aan de zijkant van het
hotel zit. 'En over die brandtrap lukt ook niet,' zegt Frank
vals, 'want dat zien we meteen.'
'Rotzakken!' grauwt Joost en hij rukt zich los uit de greep
van Frank.
'Ho ho ho,' zegt Heleen, 'en dát voor het zoontje van De
Korenwolf. We maken zelfs reclame voor jullie hotelletje.

Kijk morgen maar in de nieuwe *Achterklap*.'

'Luister, Joost,' gaat Frank verder op zijn bekende slijm-toontje, 'we willen één gesprekje en een paar plaatjes schie-ten. Daar hoeft Izabelletje toch niet zo moeilijk over te doen? Dat hoort er gewoon bij als je popster bent.'

'Ze is heel verdrietig,' flapt Joost eruit.

Als de kop van een havik schiet het hoofd van Frank naar voren. 'O ja, vertel eens? Slikt ze pillen?'

Stom, denkt Joost, trap ik er bijna in. Hij springt op zijn fiets en rijdt terug naar Eefie.

'Wat zeiden ze?'

Boos vertelt Joost alles. Tenslotte verzucht hij: 'Dat wordt dus niks vanmiddag!'

'Natuurlijk wel,' roept Eefie verontwaardigd, 'we laten ons niet op onze kop zitten door die gestoorde waakhonden.'

Joost rijdt moedeloos zijn fiets in de schuur. Eefie zet de hare ernaast. Het gaat dit keer heel gemakkelijk, want de motor van Kees de kok staat er nog niet. 'Dát is een meeval-lertje,' zegt Eefie. 'We geven niet op, Joost. En voorlopig zeggen we niks tegen Izabel over die waakhonden.'

Vlak voor ze naar binnen gaan, draait Eefie zich om naar de gele auto en wijst op haar voorhoofd.

In het kantoortje zit Izabel te kletsen met kleine Nina. De tafel is al gedekt voor de lunch.

'Izabel gaat mij een dansje leren,' roept Nina enthousiast.

Dat wil Eefie ook leren.

'Nou, ik niet,' zegt Joost droog.

Moeder Els komt erbij zitten. 'Voor ik het vergeet,' zegt ze tegen Eefie, 'de dirigent van de harmonie heeft gebeld. Jullie moeten vanmiddag om half twee verzamelen in de toneel-zaal. Er is een honderdjarige in het bejaardenhuis. De har-monie gaat hem een muzikale hulde brengen.'

'Opa Dassen,' roept Nina, 'de mopperkont.'

En Eefie kreunt: 'O, nee hè! Ik wil niet.'
'En anders vind je het altijd leuk,' zegt Joost, 'lekker
rammen op je trommel.'
'Trommel jij?' vraagt Izabel vol bewondering.
'Ik zit al drie jaar bij de harmonie,' antwoordt Eefie. 'En ik
krijg misschien een drumstel voor mijn verjaardag. Ik wil
later drummer worden in een band.'

'Goed, hé!' roept Izabel.
'Nou, vandaag niet,' zegt Eefie treurig, 'want we zouden
toch naar het bos gaan met jou en Pepijn.'
Joost wil roepen: 'Ach, dat lukt toch niet meer!' Nog net op
tijd slikt hij zijn woorden in en zegt: 'Ach, dat lukt... eeeh...
ja, dat lukt.'
'Natuurlijk,' zegt moeder Els, 'dat optreden duurt een half-
uurtje. Je bent zo terug.'
Joost keert het pak hagelslag om boven zijn brood. 'Ik ben
blij dat ik niet bij de harmonie zit. Heb je een middag vrij,

moet je spelen voor zo'n knorrepot van honderd.'

Moeder Els trekt de hagelslag uit zijn handen. 'Zo is het genoeg, Joost. O ja, de dirigent vroeg nog iets. Of jij voor één keer het vaandel van de harmonie wilt dragen. De man die dat altijd doet, kan vanmiddag niet weg van zijn werk.'

'Leuk,' roept Eefie, 'lekker sjouwen met je vaandel.'

'Grom,' doet Joost.

'Ik kom kijken,' zegt Izabel.

'Hoeft niet,' zegt Joost. 'Ik vind het altijd zo'n dom gezicht, die kerel met dat vaandel. Trouwens, die achterklappers hebben je meteen in de gaten als je buitenkomt.'

'O Joost!' roept Eefie. 'Je zou je mond houden.'

'Sorry!'

'Wat bedoel je?' vraagt Izabel.

Eefie haalt mismoedig haar schouders op. 'Vertel het maar, Joost.'

Joost pakt een zoutvaatje en houdt het voor zijn mond. 'Luisteraars, hier is Radio Korenwolf. Uw verslaggever Joost Maassen werd opnieuw aan de tand gevoeld door de gieren van *Achterklap*. Zij martelden hem en draaiden zijn arm uit de kom, doch hij hield moedig stand. Ondertussen wist hij ze belangrijke informatie te ontfutselen. De bekende popster kan zich beter niet verkleden als oud vrouwtje. Daar trappen ze niet in. En dan nog een mededeling voor de kleine Nina Maassen: bruidsjurken helpen ook niet, want…'

Plotseling springt Eefie overeind: 'Ik weet het, Izabel moet het vaandel dragen!'

'Wat?' vraagt Izabel.

Eefie vertelt wat ze bedacht heeft.

In de kleedkamer onder het toneel hangen de pakken van de harmonie. Izabel moet zo'n pak aantrekken. Tegen de dirigent zegt Eefie dat Joost niet kan, maar dat haar nichtje het wil doen.

'Ik zeg gewoon dat jij toevallig hier logeert. Hij zal allang blij zijn dat er iemand is. Je loopt gewoon met de harmonie mee naar buiten.'

Izabel wordt er een beetje giechelig van.

Moeder Els vraagt zich af of het echt zo'n goed idee is. En vooral hoe het verder moet, als Izabel eenmaal buitenstaat.

Joost weet de oplossing. 'Izabel, jij gaat eerst mee naar opa Dassen. Daar speelt de harmonie een paar deuntjes en dan marcheren jullie terug naar ons hotel. Halverwege de heuvel, bij het bushokje, wachten Nina en ik op jou. Je zegt tegen de dirigent dat je het vaandel niet meer kunt houden. Dat ding is best zwaar. Je geeft het aan hem én komt naar het bushokje. De harmonie loopt door en wij gaan vast het bos in, via een omweg. Eefie en Pepijn komen later.'

'Nu klopt mijn plan helemaal,' zegt Eefie.

'Óns plan,' zegt Joost.

Moeder Els maakt nog steeds bezwaren. 'En ik vind niet dat Izabel dat vaandel aan de dirigent kan geven. Als ze nou stiekem via de achterkant naar buiten gaat?'

'Oeps,' roept Joost, 'ik ben belangrijke informatie vergeten, luisteraars. Achter De Korenwolf ligt nog zo'n aasgier op de loer. En morgen staat er al iets in de nieuwe *Achterklap*.'

Izabel schrikt. 'Dan komen er vast nog meer roddelbladen op af. Als dat gebeurt, kan ik het helemaal vergeten.' De tranen springen haar in de ogen.

De kinderen kijken naar Izabel. Het lijkt helemaal niet zo leuk meer om een beroemde popster te zijn.

'Nou, vooruit dan maar,' zegt moeder Els. 'Izabel wordt vaandeldrager.'

'Yes!' juichen Eefie, Nina en Joost tegelijk.

Harmonie De Korenwolf

Izabel kijkt verbaasd op als ze de grote zaal van De Koren-
wolf binnenstapt. 'Wat een gezellige ruimte,' zegt ze.
'Hier doen we vaak toneelstukken,' vertelt Eefie.
Joost rent het toneel op, trekt de gordijnen open en knipt
de spots aan.
Nina klimt ook het toneel op en barst los in: 'Ai lof joe toe
muts'.
Joost laat de spots flink knipperen.
Eefie neemt Izabel mee naar achteren. Daar is een trap naar
de kelder.
'Joost en Nina,' commandeert Eefie, 'ophouden, we moeten
Izabel helpen.'
Even later zitten ze met zijn allen in de kleedkamer onder
het toneel. Er staan wat oude stoelen en de harmonie
bewaart hier haar spullen.
Izabel tilt het vaandel op. Het is een grote stok met een
donkerrode lap eraan. *Harmonie Sint Martinus* staat er met
gouden letters op geborduurd. Boven aan de stok zitten
tientallen kleine belletjes.
Eefie haalt een pak uit de kast. 'Dit is van de vaandeldrager.'
Izabel trekt haar spijkerbroek en trui uit. Als ze in haar
T-shirtje en een onderbroek staat, wijst Nina naar de tatoe-
age op haar arm. 'Wat is dat?'
'Niks, die laat ik weghalen.' Ze pakt gauw het jasje van het
harmoniepak en schiet dat aan. Het is een mooie rode jas
met gouden kwasten en knopen.

Eefie kan nog net zien dat er 'Johnny' op haar arm staat.
Izabel begint te lachen, want de mouwen zijn veel te lang.
Eefie slaat ze netjes om en de broekspijpen maakt ze ook korter.
Joost zet een pet met een pluim op haar hoofd. Izabel kijkt in de spiegel en krijgt meteen de slappe lach. De pet zakt helemaal over haar oren. Eefie weet daar wel iets op. 'Mijn pet is ook te groot, maar ik doe altijd kranten aan de binnenkant.'
Joost vouwt een krant dubbel en maakt de pet op maat.
Ondertussen trekt Eefie ook een pak aan.
'Gelukkig,' zegt Izabel, 'want nou loop ik niet alleen voor gek.'
'Niemand herkent je zo,' zegt Eefie.
Izabel pakt het vaandel en loopt ermee door de kleedkamer. Ze zingt in marstempo: 'I love you too much.'

De kinderen marcheren erachteraan en brullen keihard mee. Als het lied uit is, vallen ze gierend van het lachen op de stoelen. En Izabel roept: 'Zo'n stoer optreden heb ik nog nooit gehad!'

'Weet je wat,' stelt Eefie voor, 'we gaan even naar oma. Dat zal ze leuk vinden.'

'Ja,' zegt Izabel enthousiast, 'want ik vind het een cool dametje. Ik heb gisteren goed met haar kunnen praten.'

Eefie hangt haar trommel om en geeft een paar flinke roffels.

Joost en Nina doen net of ze op een trompet spelen.

Achter elkaar stampen ze de trap op naar het toneel. Izabel loopt zingend voorop met het vaandel. De belletjes rinkelen en de kinderen komen er luid trommelend en toeterend achteraan. Ze marcheren over het podium en door de zaal

naar de hal van het hotel. Daar komen ze de oude ober Goemie tegen.

'Wat is dit voor vertoning?' vraagt hij boos.

'Wij zijn Harmonie De Korenwolf,' roept Joost heel hard om boven het lawaai uit te komen.

'Jullie zijn gek!' snauwt meneer Goemie.

Harmonie De Korenwolf marcheert gewoon door. De twee trappen op naar de kamer van oma.

Als ze daar aankomen, staat de deur open.

Moeder Els stormt naar buiten. 'Niet doen, er is iets met oma.'

De harmonie houdt meteen op met zingen, toeteren en trommelen.

Oma ligt weer op de grond.

'De papbenen,' zegt kleine Nina.

Voorzichtig helpen de kinderen mee om oma op de bank te leggen.

Izabel blijft een beetje onhandig midden in de kamer staan met het vaandel in haar handen.

Eefie duwt een kussen onder oma's hoofd en vraagt streng: 'Uw stok vergeten?'

Oma knikt en mompelt: 'Ik heb het echt niet expres gedaan. Écht niet.' Ze lijkt net een klein kind dat stout is geweest

Moeder Els snapt er niks van.

'Ik zal het maar vertellen,' zegt oma. 'Gisteren ben ik al een keer gevallen. De kinderen hebben me opgeraapt. Els, dit kan zo niet langer. Ik ben jullie tot last. Daarom is het beter als ik naar het bejaardenhuis ga.'

De kinderen kijken elkaar aan en dan roept Eefie boos: 'U blijft hier.'

Joost zegt zacht: 'Dat kan helemaal niet: De Korenwolf zonder oma.'

En kleine Nina roept boos: 'U hebt toch een stok!'

Oma knikt. 'Daar heb je gelijk in, lieverd. Hier op mijn kamer red ik me wel daarmee. Maar die twee trappen durf ik echt niet meer af. En dat vind ik nog het allerergste. Dat ik niet meer naar buiten kan. In het bejaardenhuis hebben ze tenminste een lift.'

'Én opa Dassen,' roept Nina, 'de mopperkont.'

'Daar ben ik niet bang voor,' zegt oma. Dan ziet ze ineens Izabel staan en begint te lachen. 'Wat zie je er geweldig uit, kind, met dat pak en dat vaandel. Onherkenbaar!'

Izabel haalt haar schouders op en zegt: 'We vergeten die hele harmonie, oma. U bent nu veel belangrijker.'

'Niks daarvan,' protesteert oma. 'Het is jammer dat ik niet meer naar beneden kan, anders had ik je graag zien sjouwen met dat vaandel. Maar ik kijk wel vanuit mijn raam.'

De telefoon gaat. Het is vader Jan die belt vanuit het café.

De harmonie staat op het punt van vertrekken.
'Wegwezen,' zegt oma.
'En u dan?' vraagt Eefie bezorgd.
'Kind, maak je over mij niet druk. Ik ben nog lang niet weg.
We gaan er binnenkort eens rustig over praten. Vooruit,
jullie moeten Izabel naar buiten smokkelen. Stroopwafel!'
'Stroopwafel!' antwoorden Izabel en de kinderen in koor.

Op de parkeerplaats naast het hotel staat de harmonie al
opgesteld. Eefie zegt tegen de dirigent dat Joost niet kan en
dat haar nichtje het vaandel draagt.
De dirigent is allang blij.
Eefie neemt haar plaats in tussen de andere trommelaars.
De dirigent wijst Izabel haar plek. 'Fijn dat je dit wilt doen,'
zegt hij.

Izabel trekt haar pet nog wat verder over haar gezicht en mompelt: 'Graag gedaan.'

Dan klinkt het fluitje van de dirigent en Harmonie Sint Martinus zet zich in beweging.

De dirigent loopt voorop. Hij zwaait met een grote stok met aan het uiteinde een gouden bal. Dan komt het trommelkorps en daarachter Izabel met het vaandel. Daarna de klarinetten, dwarsfluiten, de hoorns, de saxofoons en trompetten.

Helemaal achteraan lopen de grote tuba's.

Er klinkt een vrolijke mars.

Af en toe kijkt Eefie om naar Izabel. Die draagt met een ernstig gezicht het vaandel.

Een paar kinderen uit Eefies groep zeven spelen ook mee. Eefie heeft grote binnenpret. Ze moesten eens weten!

Nina en Joost huppelen helemaal achteraan.

Aan de overkant zitten Frank en Heleen in hun gele auto. Ze kijken nieuwsgierig naar de muzikanten die in marstempo de weg opdraaien.

Joost schrikt als hij ziet dat de achterklappers ineens uitstappen. Heleen knipt de ene foto na de andere.

Nina vraagt aan haar broer: 'Zijn dat die stommerds die Izabel pesten?'

'Ja, en niet omkijken,' waarschuwt Joost. 'Anders krijgen ze iets in de gaten. Net doen of ze er niet zijn.'

De harmonie marcheert over de weg die langzaam afdaalt naar het dorp.

Als ze bijna beneden zijn, kijkt Joost voorzichtig over zijn schouder. Zijn maag knijpt even samen. Een meter of tien achter hem lopen Frank en Heleen.

Iets vergeten…

Harmonie Sint Martinus marcheert vrolijk het dorp binnen.

Joost heeft het zweet in zijn handen staan. Hij moet iets verzinnen, maar wat? Kon hij het maar aan Eefie vragen, want die weet altijd een oplossing. Maar het trommelkorps loopt helemaal vooraan.

Nina kijkt achterom en ontdekt Frank en Heleen ook. 'Zal ik "stommerds" tegen ze roepen?' stelt ze voor.

'Nee, niet doen! Zwaai maar of zo.'

Nina steekt haar handje op en roept lachend: 'Dag, stommerds!'

Frank en Heleen kunnen haar toch niet horen door de muziek.

Joost ziet dat ze blijven staan en iets tegen elkaar zeggen. Ondertussen gaat Nina stug door met zwaaien en rare dingen roepen.

Ineens weet Joost het. Hij steekt nadrukkelijk zijn duim op tegen zijn kleine zus. 'Nina, je bent een schat!' Daarna zwaait hij enthousiast mee.

Ineens draaien de achterklappers zich om en rennen de heuvel op, richting hotel.

'Zijn ze nou boos?' vraagt Nina.

Joost lacht opgelucht. 'Doordat jij ineens ging zwaaien, kregen ze argwaan.'

'Wat is dat?'

'Ze dachten: we worden in de maling genomen. Die kinde-

ren lokken ons weg en ondertussen is Izabel ontsnapt.'
'Waar is Izabel dan?'
'O, Nina alsjeblieft! Daar loopt ze toch met het vaandel!'
De harmonie is inmiddels aangekomen bij het bejaarden-
huis. De muzikanten stellen zich op voor de deur.
Eefie ziet tussendoor kans om even met Izabel te praten.
'Gaat het?'
Izabel kreunt: 'Ik krijg een lamme arm van dat ding.'
'Nog even volhouden.'
Opa Dassen wordt naar buiten gereden in zijn rolstoel.
'Stoppen ze oma in zo'n kar?' vraagt Nina aan Joost.
'Misschien, maar niet hier.'
Opa Dassen is inderdaad een chagrijn. Er kan geen lachje af
en Nina zegt: 'Ik wil niet dat oma bij die mopperkont gaat
wonen. Écht niet.'
Na de muzikale hulde gaat de harmonie terug naar De
Korenwolf.

Nina en Joost rennen vooruit. De achterklappers zien ze nergens meer.

Halverwege de heuvel wachten ze in het bushokje.

Als de muziek voorbijkomt, zwaaien ze naar Izabel. Die stapt op de dirigent af en geeft hem het vaandel. 'Hier, ik houd het niet meer.' En ze rent weg.

De dirigent blijft onthutst staan en roept: 'Hé, kom terug, ik moet…'

Verder komt hij niet, want de trommelaars lopen hem bijna omver. Met het vaandel in de hand marcheert hij verder.

Joost en Nina staan te juichen als Izabel bij hen komt.

Ze schieten een smal paadje in dat ook naar het bos leidt.

Izabel trekt de pet van haar hoofd en knoopt haar jasje los. 'Ik heb het bloedheet in dit stomme pak. Wat een duffe zooi!'

'Niet zeuren,' zegt Joost.

'Nou, zeg!' roept Izabel. 'Ik hoef me niet te laten afsnauwen door jullie.' Met een kwade kop loopt ze door.

'Is Izabel nou kwaad?' vraagt Nina.

'Ja,' antwoordt Joost, 'wat een trien! Doen wij hartstikke ons best voor haar, gaat ze een beetje lopen zeuren.'

Kleine Nina rent achter Izabel aan en vraagt: 'Ben je boos?'

'Rot op,' snauwt Izabel en ze begint te hollen.

Verbaasd blijft Nina staan.

Als Joost haar inhaalt, zegt hij: 'Laat mooi gaan. Ik heb geen zin meer om achter haar aan te rennen. Kom, we gaan naar huis.'

Maar Nina loopt door met een verbeten gezicht.

'Nina, kom nou!' roept Joost.

'Nee!'

Joost aarzelt even en dan sjokt hij zuchtend achter zijn zusje aan.

Ondertussen is de harmonie aangekomen bij De Korenwolf.

Eefie holt meteen door naar de kleedkamer onder het

toneel. Daar doet ze snel haar trommel af en kleedt zich om. Dan racet ze de trappen op naar de tweede verdieping. Pepijn is inmiddels thuis uit school en zit op zijn kamer achter de computer.

'Kom, Pepijntje,' zegt Eefie, 'we moeten naar het bos. De anderen zijn er al. Het is keigoed gegaan met dat vaandel.'

'Ik ga niet mee,' zegt Pepijn. 'Ik moet wat opzoeken op internet voor een werkstuk.'

'Wat? En ik dacht dat jij Izabel zo leuk…' Dan ziet ze dat Pepijn alle posters van Izabel van de muur heeft gehaald. 'Waarom zijn die weg?' vraagt ze stomverbaasd.

'Gaat je geen barst aan!'

'En ik dacht nog…'

'Wegwezen!' Pepijn duwt haar zijn kamer uit en trekt de deur dicht.

'Pepijn, doe niet zo achterlijk. Kom nou mee.'

'Ik heb er geen zin in, dag zus!'

Eefie bonst nog een keer op de deur. Pepijn geeft geen antwoord.

'Dan niet,' zegt Eefie en ze loopt bij oma binnen. Die zit op de bank met haar stok naast zich. 'Kijk,' zegt ze, 'ik ben verstandig geworden.'

Eefie vertelt over de harmonie.

'Wat fijn voor Izabel,' zegt oma. 'Ga nou maar gauw naar het bos.'

'Alleen Pepijn doet ineens raar,' zegt Eefie. 'Hij wil niet meedoen en is geen fan meer van Izabel.'

Oma knikt en mompelt: 'Puberproblemen.'

'Het is altijd hetzelfde met Pepijn,' roept Eefie boos. 'Nou, ik ga niet zo stom doen als ik puber word!'

Oma houdt haar de koektrommel voor. 'Hier kind, pak een stroopwafel en neem er een paar mee voor de rest. Ga maar gauw naar het bos. Ik praat wel even met Pepijn.'

Eefie geeft haar oma een zoen en loopt de gang in.

Als ze langs de deur van Pepijn komt, kan ze het niet laten.
Ze geeft een hengst op de deur en roept: 'Stomme puber!'
Vanuit de kamer klinkt een vreselijk scheldwoord en Eefie
maakt dat ze wegkomt.
Beneden in het café is het druk. De harmonie drinkt er nog
wat. Moeder Els staat achter de bar en vader Jan loopt rond
met koffie en drankjes.

Eefie roept tegen haar moeder: 'Het is gelukt, mam!'
Moeder Els steekt haar duim op.
Dan ziet Eefie de dirigent naar haar kijken. Die wil vast
klagen over Izabel en het vaandel. Snel glipt ze het café uit
en blijft voor de deur op het trapje staan.

Shit, denkt ze als ze aan de overkant de gele auto ziet. Hij staat geparkeerd op het bospad, naast de boerderij van Jaspars. Hoe komt ze daarlangs? O, wat stom! Toen ze hun plan verzonnen, hebben ze hier niet aan gedacht.

Het enige wat ze kan doen, is richting dorp lopen. Halverwege de heuvel kan ze dan het pad bij het bushokje nemen.

Als Frank en Heleen haar zien, stappen ze meteen uit.

Zo rustig mogelijk wandelt Eefie de parkeerplaats over en loopt de weg op. Frank en Heleen komen haar tegemoet.

'Waar is Izabel?' vraagt Frank streng.

Eefie probeert zo onschuldig mogelijk te kijken. 'Gewoon, binnen.'

'Maak dat je ouwe grootmoeder wijs. Waarom liep die dirigent van de harmonie ineens met dat vaandel? Volgens mij belazeren jullie de boel.'

'Welk vaandel?' Eefie voelt dat ze knalrood wordt en denkt: Ik wou dat Joost hier was. Die kan liegen alsof het gedrukt staat.

'Zit die meid soms in het dorp?' vraagt Heleen.

'Nee… eeeh, ja.'

'Ja of nee?'

'Ik weet het niet.'

Er schiet van alles door haar hoofd. Richting dorp lopen, kan ook niet meer. Ze komen natuurlijk achter haar aan. En hier het bospad nemen, zou helemaal stom zijn.

'Waar wil je nu heen?' vraagt Frank.

Eefie knijpt haar vuisten samen en voelt dat ze boos wordt. 'Dat gaat je geen bal aan!'

'O, nu gaat mevrouw uit een ander vaatje tappen. Wij doen hier gewoon ons werk, jongedame. En we laten ons niet om de tuin leiden door een paar kinderen.'

Aan de overkant klinkt het gemekker van de geiten van boer Jaspars.

Dat brengt Eefie op een idee. 'Ik moet geitenkaas halen voor Kees de kok.'

'Volgens mij lieg je,' zegt Heleen. 'Ik heb gezien dat de kok op een motor rijdt en hij is er nog niet.'

Eefie doet net of ze het niet hoort. Ze loopt langs de achterklappers en steekt de weg over. Hun ogen prikken in haar rug. Dan gaat ze de grote poort binnen van de boerderij en komt op de binnenplaats. Daar is de grote stal waar de geiten staan. Eefie komt hier vaker. Dan mag ze de boer meehelpen met melken of jonge geitjes de fles geven. Jaspars heeft meer dan honderd geiten.

De boer is bezig met zijn tractor. 'Ha, die Eef!' roept hij.

'Ik ga even bij de geiten kijken,' zegt Eefie.

'Goed hoor, kind, en doe ze de complimenten van de baas.'

Eefie gaat de stal binnen.

De beesten begroeten haar met luid gemekker en een jonge geit komt op haar afrennen. Het is Mikkie, het geitje dat Eefie heel vaak de fles heeft gegeven.

'Dag Mikkie,' zegt Eefie en ze krabbelt het geitje over haar kop.

Ze baant zich een weg tussen de geiten door en loopt weer naar buiten. Achter de stal is een grote wei, waar de geiten kunnen grazen. Mikkie stapt vrolijk mekkerend achter haar aan.

Eefie sjouwt de hele wei door. Hier is ze niet te zien voor de achterklappers. Aan het eind van het weiland klimt ze over het prikkeldraad. Mikkie blijft teleurgesteld achter. 'Ik kom morgen terug,' belooft Eefie.

Ze staat nu in een boomgaard. Halverwege is een hek waardoor je op het bospad komt. Eefie loopt naar het hek en kijkt voorzichtig om een hoekje.

In de verte ziet ze aan het eind van het pad de gele auto staan. Frank en Heleen zijn nergens te bekennen.

Ze haalt even diep adem en begint te rennen. Het is nog zeker honderd meter voordat het weggetje naar links draait. Daarna kunnen ze haar niet meer zien.

Vlak voordat ze de bocht omgaat, kijkt ze nog even om en schrikt. In de verte komt de gele auto aanhobbelen over het pad.

Wat wil ze nou?

Aan de rand van het bos zit Izabel met een chagrijnig gezicht op een bankje. Nina zit naast haar en Joost staat een paar meter verderop boos te kijken.

'Ik wil hier weg,' zeurt Izabel.

'En we gingen wandelen,' zegt Nina.

'Ik wil naar huis.'

Nina staat op en geeft Izabel een hand. 'Kom, dan gaan we naar huis.'

Izabel trekt haar hand terug. 'Dat kan niet, want die idioten staan er. Ik had nooit met jullie mee moeten gaan. En helemaal niet met dat belachelijke vaandel. Shit, mijn arm! Dadelijk kan ik niet eens meer gitaar spelen.'

'Je mag geen shit zeggen,' zegt Nina.

'Rot toch op!'

Het blijft even stil. Dan zegt Nina: 'Je bent ook een mopperkont. Ik ben geen fan meer van jou.' Ze staat op en loopt naar Joost.

Izabel slaat haar handen voor haar gezicht en begint hartstochtelijk te huilen.

Joost zucht: 'O nee, nou gaat ze ook nog janken.'

Nina holt meteen terug en kruipt opnieuw naast Izabel op de bank. 'Huil je nou omdat ik geen fan meer ben?'

Met betraande ogen kijkt Izabel haar aan en stamelt: 'Nee, ik voel me alleen zo rot.'

Op dat moment komt Eefie aanrennen. 'Wegwezen! De achterklappers komen eraan!'

Nina pakt Izabel vast. 'Kom gauw!'

Izabel schudt treurig haar hoofd. 'Het kan me niks meer schelen!'

Eefie snapt er niks van en roept wanhopig: 'Toe nou, Izabel, we moeten weg hier!'

Joost wijst naar Izabel. 'Zo doet ze al de hele tijd. Ik ga naar huis.'

Eefie vraagt vriendelijk: 'Izabel, wat is er dan?'

'Niks, duvel toch op, stelletje kleuters!'

'Dat bedoel ik nou,' zegt Joost triomfantelijk. 'Ze is zo chagrijnig als wat.'

Izabel springt op en rent naar het pad. Als ze daar de gele auto ziet naderen, draait ze zich om en schreeuwt: 'Ik wil die klieren niet zien.'

'Ja, wat wil ze nou?' vraagt Joost aan Eefie. 'Ik word gek van dat mens.'

Eefie pakt de hand van Izabel en trekt haar mee.

Gewillig laat ze zich meevoeren. Joost en Nina hollen erachteraan.

Ze volgen eerst een vrij breed pad dat oploopt. Boven in het bos slaan ze een smal zijweggetje in. Hier is het meteen veel ruiger. Overal liggen omgevallen bomen, waar de klimop en wilde kamperfoelie zich omheen slingeren. Een eindje verderop is een mergelgrot en daar gaan ze naar binnen.

Joost haalt een zaklamp uit zijn broek en doet die aan. 'Had ik meegenomen,' zegt hij trots, 'voor in de grot.'

Ze lopen de hoge gang in en slaan al snel een smalle zijgang in.

'Hier zijn we voorlopig veilig,' hijgt Eefie.

Izabel ploft neer op de grond en vraagt: 'Waar zijn we nu?'

Joost schijnt met zijn lamp op de muren van mergel. 'Dit is kalksteen. Dat zit hier al miljoenen jaren in de grond. De mensen hebben deze grotten uitgekapt. Ze gebruikten de steen vroeger om huizen van te bouwen.'

Nina gaat naast Izabel zitten en vraagt: 'Ben je nou niet meer boos?'

'Sorry,' mompelt Izabel, 'ik ben een beetje in de war.'

'Je bent depri,' zegt Nina.

Izabel knikt. 'Ik weet het: ik doe raar. Jullie zijn hartstikke lief voor me.'

Joost zucht. 'Je lijkt Pepijn wel. Het ene moment grauwen en snauwen en vijf minuten later weer aardig doen.'

'Ssst,' sist Eefie, want buiten klinken stemmen.

'Izabel! Izabel! We weten dat je hier ergens bent. Doe niet zo flauw en kom te voorschijn. We willen alleen even een fotootje en een gesprekje.'

'Ze staan voor de grot,' zegt Joost zacht.

Eefie stoot hem aan. 'Kom, we moeten nog dieper de grot in.'

Joost loopt met zijn lamp voor de anderen uit.

Een paar meter verderop slaan ze nog een zijgang in en blijven daar staan.

'Was Pepijn maar hier,' verzucht Joost, 'want verder durf ik niet. Hij weet hier veel beter de weg.'

'Die zou vanmiddag toch meegaan?' vraagt Izabel.

'Die had nogal veel huiswerk,' liegt Eefie en ze is blij dat het bijna donker is. Izabel kan niet zien dat ze rood wordt.

Het geluid van de stemmen van Frank en Heleen komt steeds dichterbij.

'Ze zijn ín de grot,' fluistert Joost en hij doet zijn lamp uit. Het is meteen pikdonker.

'Ik ben bang,' fluistert Nina. Eefie pakt haar handje en knijpt erin. 'Stil, ze zijn zo weg.'

Met ingehouden adem wachten ze af.

'Zou ze hier zitten?' horen ze Heleen vragen.

'Natuurlijk,' antwoordt Frank, 'maar verder ga ik niet. We zullen niet de eersten zijn die hier verdwalen. Ik ga mijn leven niet wagen voor dat kapsonesgrietje. We gaan terug naar dat hotelletje. Ze komt vanzelf wel boven water.'

De stemmen sterven weg en Izabel en de kinderen halen opgelucht adem. Joost doet zijn zaklamp weer aan.

Ze wachten nog een hele tijd om er zeker van te zijn dat de achterklappers zijn vertrokken. Dan lopen ze voorzichtig naar de uitgang van de grot. Als ze buitenkomen, horen ze in de verte een auto wegrijden.

'Het gevaar is geweken,' zegt Joost plechtig.

Izabel moppert: 'Hoorden jullie dat? "Dat kapsonesgrietje", wat een rotopmerking!'

'Een beetje gelijk hebben ze wel,' flapt Joost eruit.

'Joost Maassen!' roept Eefie bestraffend. 'Izabel heeft toch "sorry" gezegd.'

'Ja, Joost Maassen!' roept Nina.

'Ook sorry,' piept Joost.

Plotseling horen ze opnieuw het geluid van een auto. Nu komt het van een heel andere kant.

Izabel schrikt: 'Ze komen terug!' Ze wil de grot inrennen, maar Joost zegt: 'Dat is geen auto. Dat is iets anders. Het klinkt als de motor van Kees de kok.'

'Hier wachten!' commandeert Eefie. 'Ik ga op het grote pad kijken.' Ze verdwijnt in het bos.

Izabel, Joost en Nina horen de motor dichterbij komen en stoppen.

Even later komt Eefie teruggerend. 'Het zijn Pepijn en Kees,' roept ze uitgelaten.

Pepijn en Kees struinen achter haar aan met hun motorhelmen onder de arm.

'Pepijntje!' roept Nina.

'Keesje!' roept Joost.

Dan vertelt Pepijn dat hij had zitten kletsen bij oma. Toen hij toevallig naar buiten keek, zag hij de gele auto richting bos rijden. Oma en hij snapten meteen dat de achterklappers alles ontdekt hadden.

'Ik moest jullie waarschuwen van oma,' zegt Pepijn. 'Het was een bevel. Gelukkig kwam Kees net aanscheuren op zijn motor. Via een omweg zijn we hiernaartoe gereden. Hebben jullie die twee lijpen al gezien?'

Joost barst meteen los in een uitzending van Radio Korenwolf. 'Luisteraars, na een wilde achtervolging door de twee lijpen kon de bekende popster…'

Pepijn onderbreekt hem. 'Effe dimmen, broertje. Graag een korte samenvatting, anders staan we hier over een uur nog.'

'Oké,' antwoordt Joost. 'Achtervolging door lijpen, verstopt in grot, lijpen weg, twee reddertjes op motor.'

Izabel kijkt Pepijn en Kees stralend aan en roept: 'Jullie zijn alletwee kei-cool en oma ook!'

Pepijn geeft Eefie een por in haar zij en gromt: 'En dat voor een puber.'

'En wat zijn wij?' vragen Nina en Joost tegelijk aan Izabel.

'Jullie zijn helemaal té wauw!'

Nina kijkt de anderen trots aan en roept: 'Ik ben wauw!'

Kees wijst met een zwierig gebaar naar het grote pad. 'Mevrouw Izabel, ik wil u graag uitnodigen om bij mij achterop te komen zitten. Dan heb ik ook eens een beroemde popster op mijn motor. We rijden terug naar De Korenwolf en ik zet u af bij de achterdeur. Voor die twee van *Achterklap* het in de gaten hebben, bent u binnen.'

Izabel krijgt van Pepijn zijn helm en stapt achterop de motor.

'Sla uw armen maar om me heen, dame,' zegt Kees met een grijns, 'dan kunt u niet vallen.'

Kees laat de motor een paar keer flink knallen en rijdt weg met Izabel. Die draait zich nog even om en zwaait.

De anderen gaan te voet terug naar De Korenwolf. Joost en Nina rennen vooruit en Eefie blijft naast Pepijn lopen. Ze kan het niet laten om haar hart te luchten over Izabel. 'Ze deed nogal kattig en schold ons uit voor kleuters.'

Pepijn knikt en zegt: 'In het echt vallen ze een beetje tegen.'

'Wie?' vraagt Eefie.

'Popsterren.'

'Heb jij daarom die posters van de muur gehaald?'

'Ander onderwerp,' gromt Pepijn.

'Daarnet was ze best aardig.'

'Eefie, hou op!'

'Wat is er dan?'

'Vertel ik je als je groot bent.'

Eefie ontploft. 'Nou zeg, ik ben geen kleuter meer.' Ze wil wegrennen, maar Pepijn zegt: 'Wacht even, ik moet je wat vertellen. Ik heb met oma gepraat. Ze is écht van plan om bij ons weg te gaan.'

'Dat wil ik niet,' zegt Eefie en er springen tranen in haar ogen.

Pepijn legt zijn hand op haar schouder. 'Het is tien keer shit, zus. Daarom gaan we nú naar haar toe en kletsen net zolang tot ze blijft.'

'Dat doen we,' zegt Eefie.

'Of het lukt, weet ik niet,' zucht Pepijn. 'Als oma eenmaal iets in haar kop heeft, is het net een nijlpaard. Ze dendert gewoon door.'

Een bijzondere oma

In De Korenwolf zit Izabel al bij oma, als de kinderen daar binnenstappen.

'Het ging fantastisch,' zegt Izabel. 'We scheurden de parkeerplaats op. Ik was al binnen voor de achterklappers het in de gaten hadden. Ik ga meteen een motor kopen.'

Eefie, Joost en Nina ploffen naast Izabel op de bank.

Pepijn gaat bij oma op de leuning zitten. 'Oma, we willen met u praten.'

'Vertel het eens, kind?'

'U blijft hier.'

Oma schudt haar hoofd. 'Luister lieverds, ik heb hier goed over nagedacht. Jullie ouders hebben het druk met de zaak. En ik weet waar ik het over heb. Opa en ik hebben hier vroeger ook keihard gewerkt. Jullie ouders kunnen de zorg voor zo'n oud mens er niet bij hebben. Ik heb het met ze besproken en ze zijn het met me eens.'

'Wat gemeen!' roept Eefie.

'Dat is niet gemeen, lieverd. Ze vinden het ook niet leuk. Je moeder heeft bij me zitten huilen. We hebben er heel goed over gepraat en het is beter dat ik… dat ik…'

De stem van oma hapert even. Dan zegt ze: 'Neem nog een stroopwafel.'

Pepijn kijkt haar strak aan en vraagt: 'Oma, wilt u écht weg?'

Ineens stromen de tranen over oma's gezicht. Ze voelt zenuwachtig tussen de zitting van haar stoel en trekt een zakdoek te voorschijn. 'Wat is dat nou?' stamelt ze. 'Zit ik hier een potje te janken.'

Kleine Nina springt op, kruipt bij oma op schoot en begint ook te huilen.

Joost pakt een stroopwafel en propt die naar binnen. Eefie staart met grote ogen naar oma. Ze is diep onder de indruk: zo heeft ze oma nog nooit gezien. Izabel legt een hand op oma's knie.

Dan slaat Pepijn een arm om zijn oma heen. 'U blijft gewoon hier!'

Oma friemelt aan de zakdoek en antwoordt zacht: 'Dat kan ik niet, lieverdje. Hierboven gaat het nog met die stok. Alleen die trappen kan ik niet meer af. Als ik hier de hele dag binnen moet zitten, word ik gek. Ik wil naar buiten of gezellig bij jullie in het kantoortje zijn.'

Nina aait over het gezicht van oma en zegt: 'Dan gaat u in het kantoortje wonen.'

Iedereen schiet in de lach.

Joost stoot Eefie aan. 'We moeten een plan verzinnen.'

'Een lift,' roept Eefie, 'we maken een lift net als in het bejaardenhuis.'

Oma schudt haar hoofd. 'Dat is onbetaalbaar, lieverd.'

'Dan verzinnen we iets anders,' zegt Eefie.

'Ik weet het,' roept Joost, 'de brandtrap! We hangen een grote mand aan een takel en laten u naar beneden zakken. En als u naar boven wilt, hijsen we u op.'

Pepijn buldert van het lachen en roept: 'Broertje, je bent onbetaalbaar, net als die lift. Ik zie oma al zweven.'

De anderen schateren het uit.

'Nee kinderen, dat wordt niks,' zegt oma als iedereen uitgelachen is.

'Toch moet er iets te verzinnen zijn,' zegt Eefie. 'Mogen we het proberen, oma?'

'Natuurlijk, jullie zijn grote schatten. En nou moeten jullie naar beneden want het is etenstijd.'

Izabel en de kinderen staan op.

'Vanavond om zeven uur vergadering op mijn kamer,' zegt Pepijn.

'We gaan oma redden,' roept Joost, 'stroopwafel!'

'Stroopwafel!' antwoorden de anderen in koor.

Als ze de kamer uitlopen, kijkt oma ze hoofdschuddend na.

's Avonds stapt Eefie als eerste bij Pepijn binnen.

'Hé,' roept ze verrast, 'de posters van Izabel hangen er weer.'

Pepijn reageert niet. Hij zit achter zijn computer te internetten.

Even later komen de anderen binnen. Izabel en Nina ploffen neer op het bed. Joost en Eefie pakken een kussen en gaan bij het lage tafeltje zitten.

Ineens ziet Izabel haar posters. 'Ben jij fan?' vraagt ze verbaasd aan Pepijn.

Die blijft naar zijn scherm staren en mompelt: 'Ja zoiets.'

'Pepijn is verliefd op jou,' roept kleine Nina.

'Nou en of,' zegt Joost met een gemeen lachje. 'Maar mijn grote broer wordt nogal gauw verliefd, dus reken nergens op.'

'Grrrr,' klinkt het vanachter de computer.

Eefie krijgt medelijden met Pepijn. 'Die kleintjes verzinnen maar wat,' zegt ze tegen Izabel.

Dankbaar kijkt Pepijn haar aan, terwijl hij zijn computer in de steek laat. Hij gooit een paar papieren op het tafeltje. 'Die lift kunnen we vergeten. Ik heb informatie van internet gehaald en uitgeprint. Zo'n lift kost minstens zeventigduizend piek.'

'En deze dan?' vraagt Joost en hij wijst naar een lift waar 'negenduizend' bij staat.

'Dat is een goederenliftje,' zegt Pepijn. 'Als we oma in drieën vouwen, past ze er net in. Trouwens, waar halen we zoveel geld vandaan? Pap en mam kunnen dat echt niet betalen.'

Hij kruipt achter zijn computer en begint opnieuw over het net te surfen.

Kleine Nina is bij Izabel op schoot gekropen. 'Ben je niet meer depri?' vraagt ze.

'Ik voel me prima,' zegt Izabel.

'Denk je nog aan die stomme Johnny?'

'Nina, laat dat!' roept Eefie.

Izabel lacht. 'Welke Johnny? Oma is nu veel belangrijker.'

Joost zit ondertussen te tekenen op een groot stuk papier. 'Kijk,' zegt hij, 'we maken hier die katrol vast en dan kan die mand er zo aanhangen. Als je dan deze hendel overhaalt, zakt oma naar de grond.'

'Ze mag mijn mand van de verkleedspullen hebben,' zegt Nina. 'Zou oma daarin passen?'

'Hou toch op met die onzin,' moppert Eefie. 'En Pepijn, jij moet ophouden met die computer en hier komen zitten.

We hebben vergadering.'
'Yes,' roept Pepijn, 'ik heb iets! Nou ja... misschien.'
Izabel en de kinderen springen op.
Op het scherm zien ze een kleurenfoto van een brede trap.
Aan de zijkant, tegen de muur, zit een soort rail. Daarop
staat een klein stoeltje.
Eronder staat: *Nooit meer bang zijn om trappen te lopen. Het*
trapliftje van TRAPGEMAK bv brengt u veilig naar boven en
beneden. U gaat op het stoeltje zitten en drukt op de knop.
Heel rustig glijdt u langs de trap omhoog of omlaag. Als u het

stoeltje niet nodig heeft, klapt u het in. Andere bewoners hebben er dan geen last van.

'Te gek,' roept Joost, 'kan ik de hele dag op en neer racen.'

Nina rent naar de deur. 'Ik ga het oma vertellen.'

'Hier blijven!' commandeert Eefie. 'We moeten eerst weten wat zo'n ding kost.'

Pepijn klikt op de button 'prijzen'.

Er verschijnt een nieuwe tekst op het scherm. *Neem contact op met TRAPGEMAK bv en wij komen zo snel mogelijk bij u langs om uw trap te bekijken. Voor een eenvoudig liftje moet u uitgaan van een bedrag rond de tienduizend gulden. Levering binnen veertien dagen.*

'Dat is dus dikke shit,' moppert Pepijn, 'zoveel geld kunnen pap en mam niet missen.'

'Ik heb een plan,' zegt Izabel. 'Als ik nou eens optreed, hier bij jullie in de grote zaal. En de opbrengst is voor de traplift van oma.'

Het blijft even doodstil in de kamer.

De kinderen kijken elkaar aan en dan zegt Eefie: 'Je bedoelt dat je híér... nee!' Ze kan het niet geloven.

'Ja, natuurlijk,' zegt Izabel. 'Ik kom naar De Korenwolf met mijn muzikanten en geef een concert. Hoeveel mensen kunnen er in de zaal als ze allemaal blijven staan?'

'Met een beetje proppen tweehonderd,' antwoordt Pepijn.

'Laten we zeggen dat iedereen dertig gulden betaalt. Dat is niet veel voor een popconcert.'

'Dan hebben we zesduizend gulden,' rekent Joost uit.

'Dat doe je snel,' zegt Izabel.

'Ach,' antwoordt Joost met een verwaand stemmetje, 'ik ben erg goed in hoofdrekenen.'

Pepijn knikt. 'Vooral als het om geld gaat, hè Joost?'

'We hebben dus tienduizend nodig,' stelt Eefie nuchter vast.

'Dan geef ik twee concerten,' zegt Izabel. 'Eentje 's middags en eentje 's avonds.'

'Twaalfduizend,' zegt Joost, 'dat wordt een héél luxe trap-liftje met een afdakje en een turbomotor. Kunnen we oma afschieten.'

Pepijn schudt zijn hoofd. 'Dan zijn we er nog niet, want we vergeten iets. We hebben twéé liftjes nodig voor twéé trap-pen. Dat is minstens twintigduizend.'

Even lijkt het of het hele plan in duigen valt, maar Izabel geeft niet op.

'Luister, we nodigen iemand uit van die fabriek. We vragen hoeveel korting hij wil geven als we twee liftjes kopen.'

'Dat doet hij vast niet,' zegt Joost somber.

'Natuurlijk wel. We zorgen ervoor dat er grote foto's in de roddelbladen komen. Zo van: "Bekende popster zamelt geld in voor liftje voor oma". En we beloven die fabriek dat we de naam Trapgemak heel vaak noemen. Dat is gratis reclame, dus kunnen ze flink wat van de prijs afdoen.'

'De achterklappers!' roept Eefie.

'Ho ho,' zegt Pepijn, 'dan moet Izabel met die twee lijpen gaan praten en dat was niet de bedoeling.'

'Dat heb ik ervoor over,' antwoordt Izabel. 'Ze willen mij zo vaak gebruiken voor hun domme stukjes in *Achterklap*. Nu gebruik ik hen.'

Vol bewondering kijken de kinderen naar de popster. Pepijn vraagt: 'Waarom doe je dat allemaal?'

'Omdat jullie een bijzondere oma hebben.'

Daar zijn ze het helemaal mee eens.

Even later komt moeder Els hen roepen. Ze moeten naar bed. Izabel blijft nog even bij Pepijn.

'Ben je echt verliefd?' vraagt ze als iedereen weg is.

Pepijn haalt zijn schouders op en wordt weer rood. 'Ach, ik weet niet… ik bedoel…' Hij aarzelt even.

'Wat bedoel je?' vraagt Izabel.

'Op zo'n poster ben je toch anders dan in het echt.'

'Vind je me in het echt niet leuk dan?'

Pepijn grinnikt. 'Jawel hoor, ik vind je gewoon aardig.'
Izabel geeft hem spontaan een zoen op zijn wang en zegt:
'Dan is het goed. Als je nou een jaar of acht ouder zou zijn,
werd ik misschien verliefd op je. Ik vind je leuk.'
'Dat is dus vette pech voor mij,' antwoordt Pepijn.
Lachend loopt Izabel de kamer uit. 'Tot over acht jaar dan
maar.'
'Afgesproken,' roept Pepijn haar achterna.
Izabel loopt nog even door naar oma om haar alles te ver-
tellen. En om met haar te praten over Johnny.

Trapgemak bv

De volgende middag na schooltijd zitten ze weer bij Pepijn op de kamer. Joost is er nog niet.

'Die kwam niet tegen de heuvel op,' grinnikt Eefie. 'Het laatste stuk is hij gaan lopen.'

Pepijn heeft vanmorgen, voor hij naar school ging, Trapgemak gebeld. Aan het eind van de middag komt er iemand langs.

Izabel vertelt dat ze inmiddels hun ouders en oma over de plannen heeft ingelicht.

Oma werd er heel giechelig van. 'Moet ik dan op zo'n raar stoeltje gaan zitten en naar beneden zweven?' vroeg ze verbaasd. 'Nou, ik weet niet of ik dat durf.'

Vader Jan maakte allerlei bezwaren. Eerst begon hij over het popconcert. 'Ze breken natuurlijk de tent af.'

Izabel stelde hem gerust. 'Ik heb alles al met mijn vader besproken. Hij is mijn manager en vindt het leuk dat ik weer zin heb om op te treden. Als ik hier optreed, komen er zaalwachters mee. Een soort stoere gorilla's die het publiek in bedwang houden.'

Daarna begon vader Jan over de liftjes. 'Wat moeten we daar in vredesnaam mee?'

Maar moeder Els zag het helemaal zitten. 'Jan,' zei ze, 'dat is niet alleen handig voor oma, maar ook voor andere gasten die niet goed meer kunnen lopen. We gaan daarvoor flink reclame maken. Vanaf nu kunnen ook oude mensen en gehandicapten terecht in De Korenwolf.'

Daar had vader Jan nog niet aan gedacht en ineens werd hij enthousiast. Hij zei zelfs: 'Misschien kunnen wij ook wat geld bijleggen. Ik zal eens gaan rekenen.'

Als Pepijn dit hoort, schiet hij in de lach. 'Pap denkt natuurlijk: dan krijg ik meer gasten in mijn hotelletje. Als die ouwe maar poen kan verdienen, is hij gelukkig.'

Joost komt uitgelaten de kamer binnenstormen met de nieuwe *Achterklap*. 'We staan erin!' roept hij.

Over twee pagina's staat een grote foto van De Korenwolf. Eronder staat met koeienletters IZABEL ONDERGEDOKEN IN FAMILIEHOTEL.

'Voorlezen,' zegt Pepijn.

Met zijn radiostem leest Joost: *De bekende popster Izabel heeft zich verstopt in hotel De Korenwolf in het mooie Zuid-Limburgse dorpje Groesselt. Zij is nog steeds zwaar depressief nadat haar vriend Johnny van Galen ervandoor is gegaan met een ander.*

'Wat een etterbakken,' mompelt Izabel.

'Lees verder,' zegt Eefie.

Onze verslaggevers hebben alle moeite gedaan met haar in contact te komen. Izabel weigert echter met ons te praten. Van een zoon van de hoteleigenaar hoorden wij dat zij nog steeds diep in de put zit. De grote vraag is nu: zal Izabel nog ooit optreden?

'Nou!' roept Izabel boos.

'Zo, Joostje,' zegt Pepijn, 'heb je weer zitten lullen? Hoeveel heeft dat opgebracht?'

'Ik heb niks gezegd,' roept Joost verontwaardigd. 'Echt waar niet!'

Er wordt op de deur geklopt.

Vader Jan stapt binnen met een man in een keurig pak.

'Dit is meneer de Bie van Trapgemak bv,' zegt hij. 'Ik heb hem onze trappen laten zien en het is geen enkel probleem.'

Meneer de Bie blijft wat ongemakkelijk in de deuropening

staan. Hij heeft een mapje onder zijn arm.

'Dit is de bende van De Korenwolf,' zegt vader Jan lachend, 'aangevuld met het tijdelijk lid Izabel, de bekende popster.'

De mond van meneer de Bie valt open. 'U bent dé Izabel. Mijn dochter is helemaal gek van u.'

'Dat komt dan goed uit,' antwoordt Izabel en ze brandt meteen los met haar plan. Als ze klaar is, zegt ze: 'Dus ik zorg voor de nodige reclame en u levert twee trappen voor de prijs van één.'

Daar schrikt meneer de Bie van. 'Nou, ik weet niet of dat wel kan.'

'Natuurlijk kan dat! Stel u voor, meneer de Bie: al die foto's in de roddelbladen. En dan de dag dat de trapliftjes in gebruik worden genomen. We nodigen kranten uit en de televisie. En we zorgen natuurlijk dat de naam van uw fabriek groot in beeld komt.'

'Het klinkt erg aantrekkelijk,' zegt meneer de Bie.

'Wat kost één trapliftje?' vraagt Izabel.

Meneer de Bie begint in zijn mapje te rommelen en schrijft wat cijfers op.

'Nou?' Izabel wordt ongeduldig.

De kinderen vallen van de ene verbazing in de andere. Is dit die zielige Izabel? Ze zit hier te onderhandelen als een echte zakenvrouw.

Meneer de Bie is klaar met zijn berekening: 'Het zijn trappen met bochten. Dat wordt iets duurder. Per trap komt dat op ongeveer veertienduizend gulden. Dat is drieënzestighonderd euro.'

'We hebben twaalfduizend gulden,' zegt Joost, 'dat is… eeeh… vierenvijftighonderd euro, dus komen we ongeveer negenhonderd euro te kort. Bijna tweeduizend gulden. Hoofdrekenen, hè!'

'Opschepper,' sist Eefie.

'De rest leg ik bij,' zegt vader Jan.

'Goed,' zegt meneer de Bie, 'ik lever twee liften voor de prijs van één.'

De bende barst los in luid gejuich.

Als vader Jan met de trapliftenman vertrokken is, zegt Izabel: 'Joost, ga die twee achterklappers maar halen. Ze mogen me interviewen bij oma op de kamer.'

Even later stommelen Frank en Heleen achter Joost de twee trappen op. Ze kunnen nog steeds niet geloven dat ze Izabel zomaar te spreken krijgen.

'Ik heb een goed woordje voor jullie gedaan,' zegt Joost ach-
teloos.
Frank stopt hem een briefje van tien in zijn hand.
Joost laat het snel in zijn zak verdwijnen en denkt: dat heb
ik wel verdiend.
De rest van de bende zit te wachten bij oma op haar kamer.
Izabel heeft zich razendsnel omgekleed. Kort rokje, blote
buik en hoge laarzen. Haar rode haren staan alle kanten op.
'Kind, wat zie je eruit,' zegt oma, als Izabel naast haar op de
leuning komt zitten. 'Is dat allemaal nodig voor dat liftje?'
'Dat is toch cool, oma,' roept Eefie.
'O, heet dat tegenwoordig "cool",' antwoordt oma. 'Volgens
mij krijg je het nogal koud in zulke kleding.'
Als Frank en Heleen binnenkomen, blijven ze bij de deur
staan.
Oma wenkt met haar stok. 'Kom rustig dichterbij.'
'U slaat deze keer niet?' vraagt Heleen.
'Als jullie goed luisteren naar Izabel.'
Dat willen ze maar al te graag.
'Ik ben helemaal opgeknapt,' zegt Izabel.
'Dus je zat in de put?' vraagt Frank.
'Nou en of, maar ik ben weer helemaal terug.'
'En Johnny dan?' vraagt Frank.
'Die kan de pot op.'
IJverig begint Frank op zijn blocnote te schrijven.
Ondertussen maakt Heleen van alle kanten foto's van oma
en Izabel.
Dan vertelt Izabel over haar plan: Volgende week zaterdag
twee concerten in De Korenwolf voor de trapliftjes van
oma. Ze besluit met: 'En de liftjes worden geleverd door...'
'Trapgemak bv!' roepen de kinderen in koor.
'Dat is een hele gave fabriek,' legt Izabel uit. 'Ze leveren twee
liftjes voor de prijs van één. Trapgemak bv, en dat moeten
jullie erbij zetten.'

'Voor drieënzestighonderd euro,' roept Joost, 'Trapgemak bv.'

'Waarom doe je dat allemaal, Izabel?' vraagt Frank.

Izabel legt haar arm om oma's schouder. 'Omdat dit een hartstikke fijne oma is met wie ik lekker heb kunnen kletsen.'

'En wij dan?' vraagt kleine Nina.

Izabel lacht. 'En ze heeft te gekke kleinkinderen.'

'Dan wil ik ook op de foto,' zegt Nina.

'Jullie moeten er allemaal op,' antwoordt Heleen.

De kinderen gaan rondom de stoel van oma staan en Heleen knipt de ene foto na de andere.

Frank klapt zijn blocnote dicht en zegt: 'Dit wordt een fantastisch artikel voor *Achterklap*. Wij gaan meteen terug naar de redactie. Bedankt!'

De achterklappers geven iedereen keurig een hand en vertrekken.

Bij de deur draait Frank zich nog even om en vraagt lachend: 'Hoe heette die firma?'

En met zijn allen brullen ze: 'Trapgemak bv!'

Izabel in The Corn Wolf

Izabel blijft nog een paar dagen logeren in De Korenwolf. Nu de achterklappers vertrokken zijn, kan ze rustig gaan wandelen.

Haar vader komt de zaal bekijken. Hij overlegt met moeder Els en vader Jan. De zaal moet helemaal leeg en alle breekbare spullen moeten van de muur.

Vader Jan sputtert een beetje tegen, maar moeder zegt: 'Niet zeuren, Jan. Het is net als met carnaval, dan halen we ook alles weg.'

Op zaterdag vertrekt Izabel. Ze wordt uitgezwaaid door de kinderen.

'Tot gauw,' roept ze vanuit haar witte sportwagen.

Boven voor het raam staat oma. Izabel zwaait naar haar en roept: 'Nog even, oma, en u kunt naar beneden!'

In de week daarna barst de publiciteit los. Op maandag hangen er in het hele dorp affiches.

Izabel in The Corn Wolf
Popconcert

Zaterdag 28 april as.
Aanvang 16 uur en 19 uur
Hotel De Korenwolf
Kaarten te bestellen via het
postkantoor en de VVV

Het dorp is meteen in rep en roer en op school moeten de kinderen alles vertellen.

Die avond belt Izabel op. Ze meldt dat andere roddelbladen haar ook benaderd hebben. 'En jullie moeten vanavond naar het tv-programma "Alles Is Show" kijken.'

Die avond zitten ze met zijn allen bij oma en zien Izabel op tv. Ze wordt uitgebreid geïnterviewd en vertelt over haar toekomstplannen. En natuurlijk begint ze over haar optreden in De Korenwolf.

Als de uitzending voorbij is, stelt Joost tevreden vast: 'Ze heeft drie keer Trapgemak gezegd.'

Op donderdag verschijnt de nieuwe *Achterklap* met de foto's die bij oma zijn gemaakt. Iedereen is heel trots. Pepijn zegt: 'Het blijft natuurlijk een duf roddelblaadje, maar die foto's vind ik stoer.'

Zaterdagochtend vroeg rijdt een grote vrachtwagen de parkeerplaats op. Op de zijkant staat met grote letters: IZABEL ON TOUR.

Er stappen een meisje en twee jongens uit. Ze stellen zich voor als de technici van Izabel.

Joost is door het dolle heen.

Er worden grote blauwe kisten uit de wagen gereden. Daar zit allerlei technische apparatuur in. Geluidsboxen, tientallen spots, mengtafels en muziekinstrumenten van de band. In een razend tempo wordt in de zaal van alles neergezet.

Voor het toneel komen grote palen te staan met spots eraan. Achter op het toneel bouwen de technici een stellage waar nog meer licht aan wordt opgehangen. Joost kijkt zijn ogen uit.

Halverwege de zaal verrijst een toren van ijzeren buizen. Daarop komt een heel grote spot te staan. 'Dat is de volgspot,' legt een van de technici uit aan Joost. 'Die moet ik bedienen en jij mag me helpen.'

Als de muziekinstrumenten worden opgesteld, is Eefie niet

meer te houden. Ze mag een tijdje op het drumstel spelen.
Pepijn heeft al een elektrische gitaar te pakken en speelt er
lustig op los.
'Dat kun je goed,' zegt de vrouwelijke technicus. 'Kan ik
vast soundchecken.'
Ze gaat achter een mengtafel zitten met meer dan dertig
schuiven. Pepijn moet allerlei riedeltjes spelen en de techni-
cus regelt het geluid in.
Nina vlindert overal tussendoor en vraagt honderduit.
'Waar zijn die grote zwarte dozen voor? En die rare lamp?
En waarom komt er rook uit dat ding?'
De technici hebben er plezier in en leggen alles geduldig
uit.
Om half een arriveert Izabel met haar band. Drie ruige jon-
gens en twee stoere meiden.
Ze gaan meteen repeteren. De kinderen zitten voor het

toneel op de grond. Ze luisteren ademloos naar de muziek en kijken naar de spots die aan- en uitflitsen.

Dan mogen Nina en Eefie mee naar de kleedkamer om kleren uit te zoeken voor Izabel. Er staan drie grote koffers bomvol kleding.

Izabel trekt van alles aan en Nina en Eefie zeggen wat ze ervan vinden. Uiteindelijk wordt het een knalpaarse broek met een brede gele riem en een goudkleurig T-shirt. Op haar hoofd zet Izabel een klein petje en aan haar vingers schuift ze een heleboel ringen.

Pepijn kletst ondertussen met de muzikanten en ze leren hem nog een paar mooie grepen op de gitaar.

Joost mag samen met de technicus oefenen met de volg-spot. Hij staat boven op de toren achter in de zaal. Pepijn

doet even of hij Izabel is en rent rond over het toneel. Joost moet proberen hem te volgen met de spot.

Dan wandelen er een paar brede kerels de zaal binnen samen met de vader van Izabel.

'De gorilla's,' roept Joost vanaf zijn toren, 'om lastige fans kort en klein te slaan.'

Als Izabel uit de kleedkamer komt, wordt Pepijn toch weer een klein beetje verliefd op haar.

'Waar zetten we oma?' vraagt Izabel. 'Die moet een ereplaats krijgen.'

'Ik weet niet of ze er wel bij wil zijn,' antwoordt Pepijn. 'Die wordt vast helemaal gestoord van al die mensen.'

'Dan zetten we haar aan de zijkant van het toneel,' zegt Izabel, 'tussen de gordijnen.'

Pepijn krabbelt op zijn hoofd. 'Dan hebben we nog een probleempje. Ze kan niet naar beneden.'

'Ze móét erbij zijn,' zegt Izabel.

Daar is Pepijn het helemaal mee eens. 'We drágen haar gewoon naar beneden.'

Kleine Nina kijkt met grote schrikogen naar haar broer. 'Ík kan oma niet tillen, hoor. Die is veel te dik.'

'De gorilla's,' roept Joost.

Pepijn lacht. 'Dat kunnen we oma niet aandoen.'

'Kees de kok,' zegt Eefie, 'die is kei-sterk.'

In een mum van tijd wordt Kees uit de keuken gesleurd. 'Je moet oma tillen,' zegt Eefie.

'In mijn eentje?' vraagt Kees. 'Dat houd ik nooit.'

'Ik help mee,' zegt Pepijn.

Als ze boven komen, protesteert oma heftig. 'Kunnen we niet wachten tot dat liftje er is?'

'Nee,' zegt Pepijn streng, 'dan is het optreden van Izabel al voorbij. En ze wil graag dat u erbij bent.'

'Nou, als het dan moet. Maar ik trek wel even een andere jurk aan.'

Even later sjouwen Pepijn en Kees haar de twee trappen af.
'Dit is een heel raar liftje,' lacht oma.

Nina helpt mee door oma's voet te dragen. Joost en Eefie
wachten onder aan de trap.

Als oma met beide benen op de grond staat, roept Eefie: 'Ik
ben zo blij dat u bij ons blijft wonen.'

'Ik ook, kind,' antwoordt oma, 'maar ik moet er wel wat
voor doen.'

Steunend op haar stok loopt ze voorzichtig naar de grote
zaal. Daar is het een hels kabaal, want het is er al erg druk.

Van heinde en verre zijn de mensen naar De Korenwolf
gekomen. En natuurlijk kinderen van school en andere
inwoners van het dorp.

Er lopen ook heel wat fotografen en journalisten rond en
mensen van de tv.

Als oma het uitgelaten publiek ziet, blijft ze even staan. 'Ik
geloof dat ik toch liever boven blijf.'

Een aardige gorilla geeft haar een arm. 'Kom maar, dametje,
ik breng u veilig naar uw plaats.'

'U lijkt me erg sterk,' zegt oma vol bewondering, 'met u
durf ik wel.'

De gorilla leidt haar tussen het publiek door en iedereen
gaat onmiddellijk opzij. Bij het toneel tilt hij oma op en
draagt haar naar boven. In de zaal klinkt luid gejuich. 'Ik
heb nog succes op mijn oude dag,' zegt oma.

Samen met Eefie en Nina gaat ze aan de zijkant van het
toneel zitten. Pepijn blijft vooraan in de zaal tussen het
publiek staan. Joost bedient de volgspot.

Dan barst het concert los. Het licht knalt aan en Izabel rent
het toneel op, samen met haar muzikanten. Ze grijpt de
microfoon en brult: 'Hello everybody!'

De zaal is niet meer te houden en een oorverdovend lawaai
barst los. Izabel wacht tot het wat rustiger wordt. Dan zegt
ze: 'Vandaag zing ik voor een bijzonder iemand. De

opbrengst van dit concert is bestemd voor twee trapliftjes. Zodat de oma van De Korenwolf naar beneden kan. De trapliftjes worden met een flinke korting geleverd door Trapgemak bv.'

De zaal brult, klapt en juicht.

De band zet in en Izabel zingt haar eerste nummer: 'I love you too much.'

Eefie en Nina zingen luidkeels mee.

Dan volgen nog meer tophits: 'Alone with my heart', 'I want another life' en 'I will always be your friend'.

Bij dit laatste nummer kijkt Izabel een paar keer naar Pepijn en knipoogt naar hem.

Daarna komen er nog een heleboel succesnummers. Vanaf de zijkant dansen en klappen Nina en Eefie mee.

Oma zit hoofdschuddend naar Izabel te kijken. 'Ze kan goed zingen,' zegt ze tegen haar kleinkinderen, 'alleen dat gedraai met die billen vind ik niks.'

Halverwege het concert stopt ze een paar oordopjes in haar oren. 'Dan hoor ik haar nog wel, maar niet zo hard.'

Als het concert is afgelopen, gaan ze met zijn allen eten. Kees de kok heeft een extra lekkere maaltijd klaargemaakt. Het wordt heel gezellig en zelfs oma blijft beneden. Als Pepijn en Kees haar na het eten naar haar kamer willen brengen, zegt ze: 'Nee, ik ga ook naar het tweede concert. Izabel doet het allemaal voor mij en met die oordopjes is het best uit te houden.'

De redding van de zwevende oma

Veertien dagen later is het zover: de twee trapliftjes zijn klaar.
Izabel komt speciaal voor die gelegenheid naar De Korenwolf.
Beneden in de hal van het hotel is het een drukte van jewelste. Natuurlijk zijn de achterklappers er, maar ook journalisten van andere bladen en van een paar kranten. Er is een cameraploeg van 'Alles Is Show' en zelfs het Jeugdjournaal is erbij.

Meneer de Bie van de fabriek laat zich vol trots interviewen samen met Izabel.

Vader Jan, moeder Els en meneer Goemie gaan rond met koffie en gebak. Kees de kok helpt Joost. Die heeft een spot van het toneel gehaald en schroeft die op een standaard. Het is niet zo'n mooie volgspot als bij het concert, maar het ziet er wel echt uit.

Eefie heeft haar trommel omgedaan en staat klaar onder aan de trap.

'Volgens mij kunnen we beginnen,' zegt vader Jan.

Pepijn en Nina mogen oma gaan halen.

Oma moet eerst op het liftje gaan zitten boven aan de trap op de tweede verdieping. 'Gelukkig,' zegt ze, 'dan kan ik even oefenen zonder dat ze me al zien.' Ze gaat voorzichtig zitten en duwt op een knop. Heel rustig glijdt ze naar beneden. 'Dat valt mee,' zegt ze tevreden, 'lekker gevoel, het is net of ik zweef.'

Als ze boven aan de trap naar de hal verschijnt, begint iedereen te klappen. Fototoestellen flitsen en camera's zoemen.

Oma gaat op het stoeltje zitten en roept: 'Mag ik even uw aandacht, dames en heren!'

Het wordt onmiddellijk stil.

'Lieve allemaal, ik wil Izabel bedanken voor deze mooie liftjes. En mijn kleinkinderen die het allemaal verzonnen hebben. En natuurlijk die aardige meneer van eeeh... Trapdinges bv. '

'Trapgemak bv!' roept Pepijn gauw.

'Precies, die bedoel ik. En nu ga ik zweven.' Oma drukt op de knop.

Joost doet zijn spot aan en volgt haar van boven naar beneden, terwijl Eefie een stevige roffel op haar trom geeft.

Als oma onder aan de trap is gekomen, beginnen alle mensen nog een keer te klappen.

Joost stoot Eefie aan en zegt trots: 'We hebben oma gered van het bejaardenhuis.'

'Yes,' antwoordt Eefie, 'dat was weer een goede actie van de bende: de redding van de zwevende oma!'

Over De bende van De Korenwolf

Een hotel in mijn hoofd...

Er zit al jaren een hotel in mijn hoofd. Een gezellig familie-hotel met een stuk of tien logeerkamers, een restaurantje waar je wat kunt eten en een café waar je koffie kunt drinken met een groot stuk taart erbij.

Als een schrijver zoiets in zijn hoofd heeft, dan is de kans groot dat het ooit een boek wordt.

Het is trouwens niet zo gek dat ik vaak aan een hotel denk. Ik ben opgegroeid in een hotel, omdat mijn ouders daar de baas van waren. Ze hadden het altijd druk, maar gelukkig viel er veel te beleven.

Achter het hotel was een zaaltje met een toneel. Daar voerden we samen met de kinderen uit de buurt toneelstukken op. Meestal werd het een puinhoop omdat we maar wat deden. Op een dag besloot ik alles op te schrijven en eindelijk ging het goed met onze toneelstukken. Iedereen deed ineens precies wat ik had opgeschreven én ik ontdekte dat ik schrijven heerlijk vond.

We speelden in dat zaaltje trouwens ook vaak 'schooltje'. In iedere hoek van de zaal was een klas en ik speelde voor directeur.

Ik wilde later dan ook toneelspeler, schrijver of meester worden.

Mijn moeder zei: 'Word maar onderwijzer.' In die tijd deed je wat je moeder zei en ik werd meester en een tijdje later zelfs directeur van een basisschool. Ik vond het hartstikke leuk werk en mijn hoofd kwam vol verhalen. Daarom begon ik boeken te schrijven over school.

Een paar jaar geleden besloot ik te stoppen met school. Daar heb ik wel lang over na moeten denken, want ik stond nog steeds met plezier voor de klas. Maar het leek me ook heerlijk om meer tijd te krijgen voor het maken van boeken.

Natuurlijk ging ik door met het schrijven van schoolverhalen, maar dat hotel zat ook nog steeds in mijn hoofd.

Zo ontstond het idee voor De bende van De Korenwolf.

Als ik een boek schrijf, hussel ik fantasie en werkelijkheid altijd door elkaar.

Ik woon nu in Zuid-Limburg, dus daarom staat De Korenwolf daar ook. Het is genoemd naar de wilde hamster die in Limburg voorkomt.

De kinderen lijken veel op mijn eigen kinderen, maar ook op de vriendjes en vriendinnetjes met wie ik toneelstukken opvoerde in het zaaltje bij mijn ouders.

En net als met de schoolverhalen, zitten er ook nog heel veel hotelverhalen in mijn hoofd...

Jacques Vriens